詩路履痕

SHILU LUHEN

肖庭延 著

中国社会出版社

国家一级出版社·全国百佳图书出版单位

图书在版编目（CIP）数据

诗路履痕 / 肖庭延著 — 北京：中国社会出版社，2022.6（2024.8 重印）

ISBN 978-7-5087-6761-1

Ⅰ．①诗… Ⅱ．①肖… Ⅲ．①诗集—中国—当代 Ⅳ．①I227

中国版本图书馆 CIP 数据核字（2022）第 071417 号

诗路履痕

出 版 人：	程　伟
终 审 人：	胡晓明
责任编辑：	曲丽媛
装帧设计：	时　捷
出版发行：	中国社会出版社
	（北京市西城区二龙路甲 33 号　邮编 100032）
印刷装订：	永清县晔盛亚胶印有限公司
版　　次：	2022 年 6 月第 1 版
印　　次：	2024 年 8 月第 2 次印刷
开　　本：	155mm×225mm　1/16
字　　数：	125 千字
印　　张：	14.25
定　　价：	68.00 元

版权所有·侵权必究（法律顾问：北京玺泽律师事务所）

凡购本书，如有缺页、倒页、脱页，由营销中心调换。

客服热线：（010）58124852　投稿热线：（010）58124812　盗版举报：（010）58124808

购书热线：（010）58124841；58124842；58124845；58124848；58124849

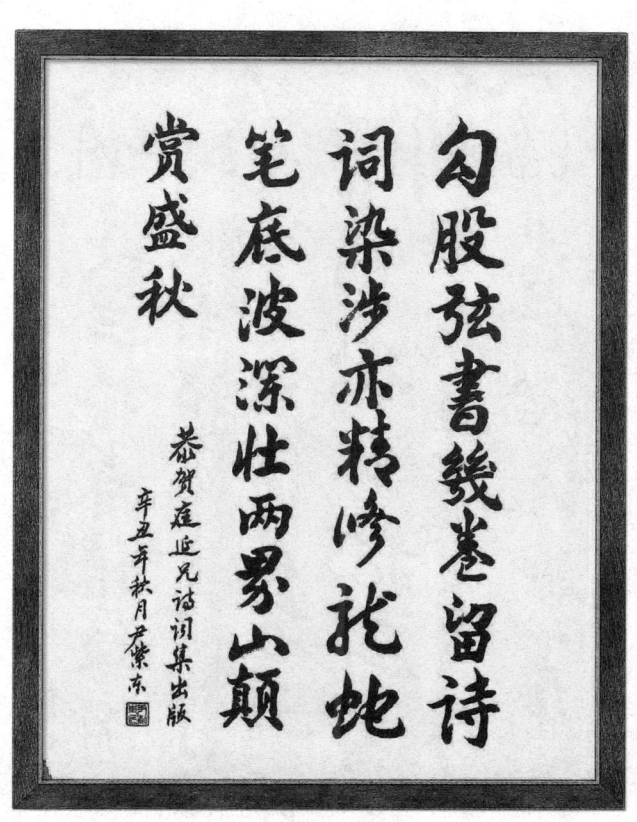

老乡、好友紫东兄贺诗及书法

恭贺萧庭延老师诗集出版

至友相交三六春，结缘因聘燕赵篇。
迎迓音人材，预测幸携手。
谋共现身三百诗词，当唱彩两栖。
研求新醇清佳酿，当豪饮。
味出滿湘信沁人，驱依群书

辛丑初冬于石家莊

好友、校友依群兄贺诗及书法

前　言

这里整理出版的，是笔者学诗以来的习作选集。选集采取厚今薄往、兼收并蓄的原则收录，包括亲情师友情、赓酬与题诗、感事寄怀、咏物纪游、思乡忆旧、岁月花絮六辑。某些早期习作，多因不舍，宁可维持原样，以昭后所来自。

屈指算来，自笔者 1975 年作第一首诗迄今，已 40 余年矣，这当然是探研数学之外的"副业"。虽因其他种种原故，写写停停，长进弗彰，未成家数，但在诗路学步时也留下了学习、写作格律诗词的行进轨迹与成长经历，以及亲历的岁月沧桑与家国情怀。老来回首，亦觉可珍。

保留这些东西实出于下述想法：一在纪事抒情存念，二为坦诚交流，三是答谢亲友的关切，姑题为《诗路履痕》，似也合"诗言志"之旨。如此付诸梨枣，或许还能对初学诗者有所启发。进而，倘若同好、方家，认为其中尚有可供圈点之处，并从中获知我的所感所思、所爱所憎，亦即真我真情之一斑，当更惬吾怀。

即今，拙作即将付梓，诚望读者不吝批评指正，并呈数语助兴：

数海行舟意气留，裁诗酌句老研修。
但求骨力真情在，笔舞霜天记乐忧。

壬寅荷月肖庭延于海淀世华龙樾谨记

目　录

第一辑　亲情 师友情

3　返乡省亲随感（1975）
4　赠别·兼和庆德兄（1978.9）
5　临春节呈郝先生（1980.2）
5　春节呈叔父婶母（1980.2）
6　赠瑞耕兄（1991.10）
7　贺《储瑞耕文集》出版（1993.6）
9　妻子四十五岁生日有赠（1993.8）
9　赠弃商从教诗友（1993）
10　将赴河北工学院执教赠立山兄（1993）
10　遥祝岳父七十二华诞（1995.12）

11　感事呈于先生二首（1996.4）

12　寄越寒三首（1996.4）

13　妻子五十生日有赠（1998）

14　获友人赠敦煌会议文集有作（2004.11）

15　用韵赠依群兄三首（2011.3）

16　贺庆德兄七十初度（2011.3）

17　为孙女端午学步题诗（2011.6）

17　赠病友北工大杨先生（2011.12）

18　赠计数专业桧铭君三首（2012.2）

19　读计数专业冬颖君博文有寄（2012.2）

20　为大姑八十诞辰献词（2012.2）

20　贺岳母九十寿诞（2012.2）

21　江城子·为友人编撰《好友诗情》而作（2012.3）

22　江城子·赠彦飞君（2012.3）

23　为《储氏一句话点评》一千期而作（2012.5）

24　妻子生日有赠四首（2012.8）

25	佩瑜六十初度有赠（2013.9）
25	答友人询问七十贺寿事（2013.9）
26	癸巳呈于先生（2013.11）
27	得友人《一路云烟》等旅游书稿有赠（2014.9）
28	非非四十一岁生日有赠（2014.10）
28	忆与卢莹讨论其硕士学位论文修改（2014.10）
29	寄湘西友人（2015.7）
29	为家弟所摄荷塘视频题咏（2016.8）
30	竹枝词·题家弟所摄丰临渡龙舟赛视频（2016.8）
30	题友人所摄《深秋残荷图》（2016.10）
31	赠彦飞君（2016.10）
31	题友人室内红梅（2016.11）
32	题翠环君所摄《十里桃林》（2017.3）
32	蓝宝石婚日有作（2018.2）
33	念儿周岁有作（2018.3）

33	允琪八岁生日有赠（2018.3）	
34	应邀参加应用数学九四级同学聚会有赠（2018.10）	
35	振宇君戊戌嘉月来访有赠（2019.2）	
35	感事寄彦飞君（2019.8）	
37	陪老伴捯细线有感（2019.10）	
38	满庭芳·忆孙女满两月由京返津探视而作（2020.3）	
39	清明思亲（新韵）（2020.4）	
39	忆先严辞世（2020.8）	
40	忆陪孙女学围棋（2020.8）	
40	赠星际荣耀老愚公（2020.10）	
41	师严情真（2021.1）	
41	验审包裹即兴（2021.6）	
42	伏中有寄（2021.8）	
42	向午偶得（2021.10）	
43	赠阳阳由秦赴武清求学（2021.10）	
43	陪老伴协和就医确诊后拟作（2021.11）	
44	览学子年终汇报有赠（2022.1）	

44　因诸生筹备为余贺寿有寄（2022.1）

46　儿媳陪我多次看牙医有记（2022.2）

46　题越寒为我装电脑（2022.3）

第二辑　赓酬与题诗

49　寄世平兄三章（2012.6）

50　访程致中的博客有感（2012.7）

50　题老教书匠的博客（2012.7）

51　为学诗事呈福建两位吟长（2012.8）

52　读贵州诗友余廷林《滴泉居词集》有赠（2013.4）

52　友人登泰山遇冻雨受阻有寄（2013.11）

53　读一海粟《批改毕业论文》有感（2013.11）

54　读酐老《题走着瞧〈二酉山图〉》有作（2013.12）

55	浣溪沙·甲午迎春感赋并复友人（2014.1）	
56	韵酬一海粟吟长（2014.1）	
56	贺《一海粟诗词》即将付梓（2014.2）	
57	韵和友人《病身对雪》（2014.3）	
57	读紫东兄诗文感怀二首（2014.4）	
58	读楚江闲鹤吟长《七律·吴蚕老去芰荷新》有寄（2014.6）	
59	和友人《咏石》（2014.6）	
59	贺百岁诗翁赵玉林前辈新春诗书画展（2015.2）	
60	敬酬酎老惠赠《酎泉夕照》诗集（2015.6）	
60	和紫东兄题所摄《山塘野鸭图》（2017.3）	
61	读诗友《病中吟》并悼其早逝（2017.8）	
61	浣溪沙·观友人海滨健步环境照有寄（2018.5）	

61　赠韩老师（2018.6）

62　邂逅香江诗友（2019.5）

62　题闲鹤的美篇《2020年的第一场雪》（2020.1）

63　依韵和南国诗友《春歌》（2020.2）

63　题侪石兄《笔底春浓画牡丹》视频（2020.5）

64　题晓京《2020诗画集存》之画《梅》（2021.1）

64　依韵奉和湖北诗翁兼谢饶女史（2021.1）

65　如梦令·答谢闲鹤吟长（2021.2）

65　如梦令·谢赠幽兰诗友（2021.2）

65　忆丙申春紫东兄自美归见访送别（2021.3）

66　读随风飘逝君咏唐山南湖诗词感赋（2021.4）

67　闻海棠花溪之约寄闲鹤兄（2021.5）

68　恭和闲鹤吟长《吟友结社五年有余》（2021.8）

68 五古·再晤樾兄有寄（2021.12）

69 相见欢·和闲鹤兄《相见欢·京友小聚》（2022.1）

69 韵和一海粟《题江城春雪图并寄炊烟兄长》（2022.2）

70 敬和一海粟《临江仙·寄炊烟、闲鹤诸师友》（2022.2）

第三辑 感事寄怀

73 悼张志新烈士（1979.7）

73 石门书怀（1993）

75 感事一首（2013.6）

78 应邀参加第三届反演问题计算方法及其应用国际会议献词（2013.7）

79 杂咏二首·读时评《学者"赶会"风当刹》有感（2013.9）

79 忆母校校庆一百周年（2013.10）

80 高阳台·感事有作（2013.11）

81 高阳台·为嫦娥三号实现月球"软着陆"而作（2013.12）

82 读博文《刘征谈"什么叫老了？"》有感（新韵）（2014.8）

83 沁园春·反法西斯战争及抗日战争胜利七十周年感赋（2015.6）

84 清平乐·赶考（二首）（2016.6）

85 应邀参加淄博反问题国际会议有作（2016.7）

86 南海仲裁案五题（2016.7）

87 闻小英民调直落有作（2016.9）

88 长征胜利八十周年回眸（2016.10）

89 闻航班因雾霾严重三次降落失败返港而作（2016.11）

89 丙申岁杪感赋（2016.12）

90 党的十九大召开感赋（2017.10）

90 戊戌大雪日未雪感赋（2018.12）

91 文学沙龙五载回眸（2018.12）

91 戊戌除夕即兴（2019.2）

93 自画像（2019.5）

- 93　平淡吟（飞雁格）（2019.6）
- 93　史　笔（2019.9）
- 94　回　眸（2019.11）
- 94　民　镜（2019.12）
- 95　诗意人生（2020.4）
- 95　人之初（2020.4）
- 95　孔　子（2020.5）
- 96　忆一九三八年花园口决堤（2020.6）
- 96　人生舞台（飞雁格）（2020.6）
- 96　书　愤（2020.6）
- 97　俗　网（2020.7）
- 97　保护伞（2020.7）
- 97　庚子高考录取之际有作（2020.8）
- 98　虎蝇之"座右铭"（2020.11）
- 98　岁暮书感（2021.1）
- 99　沁园春·岁暮放吟（2021.1）
- 99　时风感吟（2021.2）
- 100　为某些官员画像（2021.2）
- 100　红尘自遣（2021.2）
- 100　无　题（2021.3）

101	岁　月（2021.3）
101	喜闻叶嘉莹先生当选"2020年感动中国人物"有作（2021.3）
102	辛丑杏月特大沙尘暴纪感（2021.3）
102	题《辛丑条约》签订现场旧照（2021.3）
103	有感于蔡元培三请陈独秀（2021.4）
104	赞荒漠守护者（2021.4）
105	诗乃心之窗（2021.5）
105	为真善者（2021.5）
105	痛悼袁公隆平辞世（2021.5）
106	立身之本（2021.6）
106	读《三国演义》偶感（2021.6）
106	题美国印钞解困（2021.6）
107	咏刘禹锡（2021.6）
107	有感于五莲县教师因尽责而受罚（2021.6）
108	题华为鸿蒙操作系统2.0正式发布（2021.7）
110	献给党的百年华诞（2021.7）

110　卜算子·季夏京城暴雨（2021.7）

110　职场一要（2021.8）

111　寻（2021.8）

111　偶忆往事有感（2021.8）

111　有　感（2021.9）

112　寄远方（2021.9）

112　为伯主画像（2021.9）

112　今宵酒醒（2021.9）

113　辛丑"九一八"书感（2021.9）

113　江　湖（2021.10）

113　有感于曹德旺不惜重金为职工治病（2021.10）

114　也说成败（2021.10）

114　无　题（2021.11）

114　都市之忧（2021.11）

115　题某小学之"细化管理"（2021.11）

115　题核潜艇总设计师黄旭华（2021.11）

115　空　巢（2021.12）

116　辛丑岁末戏题（2021.12）

116　苦　味（2021.12）

117　有感两首（2022.1）

118　往事感怀（2022.2）

118　读李清照《夏日绝句》书感
　　（2022.2）

118　外　衣（2022.4）

119　堪忆（折腰体）（2022.4）

第四辑　咏物纪游

123　题福建三都岛（1977.5）

123　北京百子园小区即景（2011.4）

124　题北京天坛公园之柏抱槐
　　（2012.9）

124　迎春花（2014.3）

126　回乡访橘子洲二首（2014.5）

127　乌兰布统草原观日落三题
　　（2014.10）

128　秋日访卢沟桥三题（2015.9）

129　育新花园初冬即景（2015.11）

129　雨后游北京植物园赏碧桃有作（2016.4）

130　游怀柔青龙峡遣兴（2016.5）

130　乘珠海冰山过山车有感（2016.6）

131　游丰台紫谷伊甸园遣兴（2016.9）

131　丁酉春雪二题（2017.2）

132　观楼后山桃花开有感（2017.3）

132　题天津住所之小凉台（2017.5）

133　题敦煌月牙泉两首（2017.9）

134　戊戌春游蟒山纪事（2018.4）

134　题育新花园之蔷薇芳篱（2018.5）

135　摊破浣溪沙·枫叶（2018.9）

135　深秋银杏（2018.10）

135　湿地春晓（2019.2）

136　题潭柘寺之"帝王树"（2019.4）

136　湘　莲（2019.6）

137　山花颂（2019.7）

137　咏　菊（2019.10）

138　假日出行（2019.10）

138 落叶一首（2019.11）

139 胡杨颂（2019.12）

139 临江仙·路灯（2019.12）

140 吾侪手机（2019.12）

140 玉兰迎春（2020.2）

141 春草（新韵）（2020.3）

141 咏　苔（2020.5）

141 篱前观蝶（2020.6）

142 秋　蝉（2020.7）

142 秋日访卢沟桥感赋（2020.8）

143 神游黄州遣兴（2020.8）

143 海之颂（2020.9）

144 自行车之变迁（2020.10）

144 咏昙花（飞雁格）（2020.10）

145 叶落二首（2020.11）

146 松梢月·胡杨（2020.11）

147 西沽桃花堤春行（2021.3）

147 踏莎行·龙樾小区早春行（2021.3）

149 题渚亭春柳图（2021.3）

149	忆辛卯八月旅次星洲得句（新韵）（2021.3）
149	得闲鹤兄海棠花溪之约有作（2021.4）
150	路遇偶得（2021.4）
150	浪淘沙令·吟友浴和风（2021.4）
152	依韵和友人《游元大都遗址公园海棠花溪》（2021.4）
152	阮郎归·入夏蔷薇（2021.5）
153	采桑子·夏树（2021.6）
153	登岳阳楼怀古（2021.6）
153	题友人所摄雨后夏荷（2021.7）
154	荒野绿（2021.7）
154	访朱张渡怀古（2021.7）
155	夏　蝉（2021.7）
155	题颐和园雨后西堤（2021.9）
155	健康码（2021.10）
156	老丝瓜（2021.10）
156	捣练子·雪梅（2021.12）
156	文房四宝（2022.1）

157　雪中访梅有作（2022.1）

157　火（2022.2）

157　阮郎归·春风（2022.3）

158　记壬寅奥园踏青（2022.4）

第五辑　思乡忆旧

161　乡　梦（2015.11）

161　农忙寄乡亲（2019.7）

161　儿时野趣（2019.7）

162　农家盼秋（2019.7）

162　忆往日夏忙（2019.8）

162　忆返乡坐轮船时聊天一幕（2019.8）

163　忆昔日数学专著脱稿书所感
　　（2019.8）

163　往事追怀（2019.9）

164　望月怀想（2019.9）

164　昔日执教记忆（新韵）（2020.1）

165　春　运（2020.1）

165　名校门（雁格）（2020.1）

165	除夕有思（2020.1）
166	童年（新韵）（2020.3）
166	忆小芳（2020.8）
166	忆青春年华（2020.8）
167	鹧鸪天·忆先父送我求学远行（2020.9）
167	重温电视剧《渴望》插曲（2020.11）
168	渔家傲·拟齐秦《大约在冬季》（2020.11）
168	年　味（2021.2）
169	那年春天（2021.2）
169	最　忆（2021.4）
169	龙阳夏日印象（2021.6）
170	忆年少负笈远行（2021.9）
170	少年游·珞珈漫忆（2021.9）
170	武大老斋舍漫忆（2021.9）
171	昔日老街晨景一瞥（2021.10）
171	思水一方（2021.11）

171 西江月·赏《小河淌水》随想（2021.11）

172 重聆《北风吹》感怀（2021.11）

第六辑　岁月花絮

175 迎新试笔·分形图片题咏三首（2012.12）

176 贺《竹韵京山雅集》（2019.4）

176 暮　春（2019.4）

177 读霍金望星空（飞雁格）（2019.5）

177 读《爱莲说》有作（2019.6）

178 竹韵会员刊百期致贺（2019.7）

178 养心歌（2019.7）

179 也说为官之孝道（2019.8）

179 读欧阳修《与梅圣俞四十六通（三十）》书感（2019.9）

180 见考生回答余秋雨的提问戏作（2020.1）

180	鼠年将至寄《竹韵》诸友（2020.1）	
181	咏大唐之张九龄（孤雁格）（2020.2）	
181	浣溪沙·盼春（2020.2）	
182	风雨神州（2020.3）	
182	重读《岳阳楼记》书感（2020.3）	
183	春　耕（2020.3）	
183	夜读叶挺《囚歌》书感（飞雁格）（2020.4）	
183	疫后有思（2020.4）	
184	竹韵汉诗协会成立三周年感赋（新韵）（2020.4）	
184	题"信言美言"说（2020.9）	
185	获《竹韵诗词选》新刊喜作（2020.9）	
185	邂　逅（2020.9）	
186	遥寄香堂聚首（2020.10）	
186	庚子小雪日有作（2020.11）	
186	心　桥（2020.12）	

187　咏　冬（2020.12）

187　月上海棠・拟柳宗元《江雪》（2020.12）

188　诗　酒（2021.1）

188　扬州慢・和黄叶《矮寨天桥仙居夜宿赏月》（2021.2）

189　辛丑元宵即兴（2021.2）

189　盼春（新韵）（2021.3）

189　盼春雨（2021.3）

190　春　感（2021.4）

190　初　恋（2021.4）

190　咏悟空（2021.5）

191　敬贺竹韵会员刊200期付梓（2021.6）

191　咏《射雕英雄传》之黄药师（2021.7）

191　咏貂蝉（2021.7）

192　未　羊（2021.8）

192　宁府焦大（新韵）（2021.8）

192　等　待（2021.8）

193　辛丑立冬日即兴（2021.11）

193　题姜太公钓鱼（2021.12）

193　我的微信朋友圈（2021.12）

194　读梦得《酬乐天扬州初逢席上见赠》有作（2022.1）

194　书　香（2022.1）

194　辛丑京华小年（2022.1）

195　大寒日雪中漫吟（2022.1）

195　上元节拔牙戏题（2022.2）

196　阮郎归·记吟友二月社课《春风》（2022.2）

197　竹韵颂（2022.3）

197　世间缘（2022.4）

198　敬贺竹韵汉诗协会成立五周年（2022.4）

198　题唐寅《品茶图》（2022.4）

199　后　记

第一辑　亲情 师友情

1973年春节返乡省亲途中在母校留影

返乡省亲随感（1975）
——忆一九七三年春节偕妻首次由秦返乡省亲

春风伴我走三千，日暮长沙换客船。
一过洞庭抄近路，坡头贯越奔青莲。

注：长沙至常德航线过汉寿境内的下船码头在坡头镇。汉寿青莲湾为老家所在地。

赠别·兼和庆德兄 (1978.9)

已自早春春意浓,攻关队里喜相逢。
赶超正值军情迫,齐向皇冠试剑锋。

羡君对阵何从容,愧我临场无劲弓。
此别自当长念想,寄书应到几霄重?

注:是日晚庆德兄来访又违,喜见惠诗两首,风韵清新,言恳意切,殊感欣慰,乃有几句作答,以表离别之情。

临春节呈郝先生（1980.2）

先生授业未经年，携上层楼览大观。
乍暖还寒临献岁，津门北望意茫然。

注：郝寿先生因故从我所在的省科学院应用数学研究所（石家庄）调往河北工学院（天津），原先拟定的一些服务于河北的设想和实施步骤随之落空。我是先生的追随者，先生走后，我也独木难支，无能为力了。

春节呈叔父婶母（1980.2）

叔侄移迁各一方，石门蜀地两茫茫。
春风桃李情何重，恩泽未酬犹自伤。
偶有尺书呈敬意，更无薄礼表衷肠。
每逢佳节兴千感，且把诚心寄久长。

赠瑞耕兄（1991.10）

二十七日在瑞耕家小坐，得其《笔耕余味》三篇；因忆往事，感慨系之。又闻他的文集获省长特别奖，因此有赠。

十四年兮忆旧游，年轻意占角山秋。
感时曾待风雷动，投笔亦惊神鬼愁。
灯火三更无寒暑，文存一集有嘉谋。
浑身留得豪情在，有笔无求属俊流。

注：瑞耕兄曾在一篇杂文中写道："除了一支笔，我一无所有。"角山者，山海关之角山也。

贺《储瑞耕文集》出版（1993.6）

谨以数年前的一首赠别词献给仍在耕耘不息、收获颇丰的老朋友，并以欣喜的心情祝贺他的文集出版。

"念奴娇"·赠友人

古往今来，数不尽、多少匆匆过客。
昙花一现，似曾有、些许轰轰烈烈。
志大才疏，头重脚轻，怎经霜与雪？
前车之鉴，留将你我评说。

常记三年相识，花红映碧叶。
山峦岛外，海阔天空谈笑间，
宏志方展未歇。
斯人一去，带走几多凉热？
休道离别，去去千里、天涯且共明月。

注：曾以辛勉为笔名将《"念奴娇"·赠友人》刊于《石家庄日报》。词牌名加引号，谓其实不副名也。

南征四首届華年步履匆匆湘水邊長島書生拙通變叢合義士費周旋惜無詩酒壯行色共有襟情訪聖山莫逆知交時色熙应而今欲別意忡然

辛丑菊月录庭延弟□赠立山南征□诗立山书

好友立山兄书南征诗

妻子四十五岁生日有赠（1993.8）

四十五年春复秋，碧梧桐正叶枝稠。
思归西郭农家日，梦到东山柳杪头。
半百远征人欲老，双鹰试翼乐还忧。
何当携赏洞庭月，与尔同登天下楼。

注：河北省科学院初创之际，曾在西郊城角庄老乡家寓居有年。东山，指秦皇岛临海之东山。

赠弃商从教诗友（1993）

未名弟子技何营？闻道受聘事精英。
商海归来入学海，料是心平潮未平。

注：友人在改革大潮中试图经商，不久即铩羽而归，后于石门民办精英中学任教。

将赴河北工学院执教赠立山兄（1993）

南征回首届华年，步履匆匆湘水边。
长岛书生拙通变，丛台义士费周旋。
惜无诗酒壮行色，共有襟情谒圣贤。
莫逆之交时照应，而今欲别意怅然。

注：南征，指1979年为河北省计算中心购置第一台DJS–108机而去长沙出差。

遥祝岳父七十二华诞（1995.12）

炽情两地贺家翁，共祝寿如不老松。
千里有劳诸弟妹，瑶席敬酒代一盅。

感事呈于先生二首（1996.4）

其一

执教津门自有缘，般般技艺要重研。
几回请益亲前席，文理深论到茗边。

其二

春风桃李又经年，创业蒸蒸学着鞭。
议到诸生后年事，情深一往话千般。

注：自 1994 年从研究所调到高校供职，已然二载。这毕竟是一个不小的转变，需兢兢业业，好生研习。又，再过两年就面临应用数学专业的首届毕业班的实习、毕业设计与分配就业等问题，席间议论颇多。

寄越寒三首（1996.4）

其一

经年碌碌鬓毛斑，愧少修书寄桂园。
闻道初征传捷报，春风一缕过心田。

其二

唯有起居常挂牵，无忧求学未争先。
儿男四海为家日，未必武昌鱼不鲜。

其三

珞珈山水旧曾谙，娟丽钟灵尚宛然。
勿吝课余邀友去，宜人秀色好加餐。

注："桂园"是武汉大学著名的四园之一；"初征"，指大二即参加全国程序员资格考试。

妻子五十生日有赠（1998）

秋实春华又一年，艰辛历过喜相连。
回眸风雨同舟路，协力相依共引牵。

注：人生步入这个年纪，是我们该收获的时候了，比如孩子大学毕业，事业有些进步，等等。当时将这首诗写在特意为她买来的《名人诗词联语趣事》一书的扉页上，作为生日礼物，她很高兴。我们这样简单、简朴惯了。

获友人赠敦煌会议文集有作（2004.11）

初晤南街犹未忘，留怡相约到敦煌。
钟山别后与尘远，京国书来带墨香。
信赖域中留胜迹，访谈录里品贤良。
而今学界浮华起，安得诸君效俊郎。

注："敦煌"，指 2001 年 5 月在敦煌召开的"数值优化与数值线性代数国际会议"，我应邀与会。"信赖域"方法是优化理论的最新研究方向之一。

用韵赠依群兄三首（2011.3）

其一
道是离休志未休，仍将余岁逐潮头。
情倾燕赵规划里，又进一年为运筹。

其二
易老人生未老心，同耽不屈不卑吟。
缘中有幸成知己，议策曾为利弊斟。

其三
良朋切磋又经年，君系烟霞诗画间。
民瘼家邦时眷顾，风怀未许老来闲。

贺庆德兄七十初度（2011.3）

岛上相逢备战忙①，荷兰归国满行囊②。
拼将科技平戎策，献与幽燕创业场。
娓娓弦歌传劲妙，天天桃李竞芬芳。
佳谋不尽酬知己，雅韵长新绕撰堂。
少壮逸才多建树，老来意气尚飞扬。
七旬我特为君寿，遥向石门高举觞。

注：①指为1978年的研究生入学考试做准备；②指1989年庆德兄由荷兰Eindhoven工业大学提前获得博士学位满载而归。

为孙女端午学步题诗（2011.6）

霞衣俊履应时装，十五月初才上场。
晃动纤纤一双手，伴同跬步舞端阳。

赠病友北工大杨先生（2011.12）

协和别后忆高谈，短信时来悟共参。
近日冬暄山影媚，可曾舞墨到沉酣？

注：在协和住院时与北工大杨先生同室。他与我年龄相仿，学工，喜书法；我们谈时事、往事，谈治学育人，谈就医祛病，甚为投机。出院后对术后之恢复调养，时有交流，因有赠焉。

赠计数专业桧铭君三首（2012.2）

其一
君来立水滨，赠我以梅盆。
权俊殷承蕾，香幽亦可人。
娟娟其志意，落落尔形神。
寒苦伊何惧，卓然冬复春。

其二
坐定嘘寒暖，开言慰苦辛。
听闻初上阵，汗水伴征尘。
历练依时进，帮扶赖友亲。
难关终过矣，事业喜全新。

其三
晤叙京华意未轻，十年眷望话征程。
赠君一曲红梅赞，愿得心香伴后生。

注："立水滨"，指北京之立水桥。

读计数专业冬颖君博文有寄（2012.2）

　　笃学风华非自恃，杭芜一路拓新知。
　　京鹏拟又试兵刃，沉勇如斯可敬之。

　　闯北走南信有持，艰辛历过验真知。
　　女儿莫逊男儿志，当搏醒时别梦时。

　　注：冬颖君在杭州浙大获得硕士学位后，曾到芜湖的一个国企供职；因不习惯安常处顺的环境，又到北京、深圳闯荡，此中艰辛可想而知。偶读其博文，谓梦中回首曾经落泪。

为大姑八十诞辰献词（2012.2）

秀于淑德久传薪,风素非凡度八旬。
亲友同声颂康健,齐家和美实堪珍。

注：大姑早年毕业于开滦淑德女子学校。

贺岳母九十寿诞（2012.2）

氤氲瑞气漫华筵,玄发童颜续雅篇。
九秩谐谈几朝事,六亲喜贺大生年。
茹辛克己善根蓄,慈爱无私心地宽。
莫道诗书少知晓,善于敦教作家传。
开言称赞儿孙好,晚辈应酬我数钱。
我祝寿星身健硕,福如东海寿南山。

江城子·为友人编撰
《好友诗情》而作（2012.3）

当年合作冀图强①，聚栋梁，共谋商。
各有千秋，相励且扶将。
勤政鼎新君里手，轻利禄，溢馨香。

卅年前是俊才郎，志弥刚，鬓凝霜。
老骥嘶风，顾问策筹忙。
倾注偌多情和爱，留燕赵，入诗囊。

注：①指共同承担省人才预测与规划的研究课题。

江城子·赠彦飞君 (2012.3)

来从坝上习耕忙,志行芳,气昂昂。
博硕京津,夙愿五年偿。
犹忆遣君单赴会,书共撰,著文章。

又开国际阅兵场,欲图强,似鹏张。
赏赞连连,师长与同行。
喜听腾飞须创辟,拼当下,促高翔。

注:"单赴会",指攻读硕士学位第二学年时彦飞君独自参加一个国际会议;"阅兵场",指彦飞君主持的第一、第二两届"反演问题计算方法及其应用"国际会议,与会者众,反响不错。

为《储氏一句话点评》
一千期而作（2012.5）

瑞耕君自去年1月起撰写《储氏一句话点评》，历时一年多，到了一千期。读其文，读其人，特赠小诗两首。

日累月积上千篇，击搏网评年复年。
时弊政风俱砭灸，壮怀胆烈笔如椽。

赞君曾赠念奴娇①，人气志行俱日高。
声绩别来堪戴说，老成健笔意道豪。

注：①指1993年作者以笔名辛勉发表的、三十多年前赠别的一首小词《"念奴娇"·赠友人》。

妻子生日有赠四首（2012.8）

其一

瓢盆锅碗昔愁拿，咋理油盐酱醋茶？
历练辛勤将卅载，也成半拉美厨家。

其二

问君何事住京华？先主装修后看娃。
常念亏儿多少爱，而今可补一些些？

其三

寻常家务不寻常，采买炊烹缝洗浆。
哂道因孙真会酌，花裙当午早红装。

其四

又到金秋七月三，安康日子过年年。
儿孙敬酒祝多福，我献心诗到近前。

佩瑜六十初度有赠（2013.9）

喜有千金早当家，能文能武众人夸。
天酬往日辛劳苦，如愿浇开幸福花。

回眸六秩历沧桑，舒泰家和沐夕阳。
正是天高秋影媚，为歌一曲祝安康。

答友人询问七十贺寿事（2013.9）

迹留燕赵亦寻常，不似君家辉且煌。
诸事向来崇简素，潇湘北国忆苍茫。

癸巳呈于先生（2013.11）

德业文章皆我师，筹谋请益惬良时。
细诠数谛雍而雅，俱日弦歌赏欲痴。
梅骨铁肩撑道义，热肠古道藐谀辞。
士民契友知多少，乐访桃园夫子居。

注：先生的笔名为"易难"，读《易难诗词选》及《数学与人生》诗稿有作。

得友人《一路云烟》
等旅游书稿有赠（2014.9）

人生何处不风烟？功赖拼争与灶前。
回首乡关三亚路①，艰辛漫忆入吟笺。

神州胜迹惹流连，饱览豪吟数百篇。
风物山川萃其美，兴怀寄意薄云天。

故园处处尽烽烟，君值翩翩美少年②。
五四冲天钦振翼，壮怀犹忆玉堂前③。

驱车骋骛万千里，枥骥嘶风只等闲。
行遍天涯君老矣？壮游一路凯歌还。

注：①友人从湖北医学院辞职，应邀举家到三亚创业；②1966年，我与友人在珞珈山相遇，筹备徒步串联去井冈山，那时他才十五六岁；③2005年，我到三亚开会，友人开车到机场迎接，并设宴款待；是年

他年届五十四岁,精力旺盛,干劲冲天,正是宏图大展之际。餐后,还带我到由他创建、刚落成不久、设备齐全、初具规模的三亚市老年休闲康复中心参观,畅谈未来的设想。

非非四十一岁生日有赠(2014.10)

迈向人生又一程,安居沃镇有余情。
砥行孝睦堪欣慰,克励多圆梦未成。

人生难遇路俱平,未搏时来事不成。
败挫根因皆往鉴,得拼争际且拼争。

忆与卢莹讨论其硕士学位论文修改(2014.10)

读硕三余志不群,可嘉根问敏而勤。
疑团几处令消解,答对终将理析分。

寄湘西友人（2015.7）

珞珈纷乱少时逢，相勖砻磨跋涉中。
铁胆艰行斗风雪，铜心热望学农工。
蒙冤踵继红羊劫，报国怀萦向日忠。
细数故山耕垦迹，湘西嘉树看葱茏。

为家弟所摄荷塘视频题咏（2016.8）

又拓门东几亩塘？湘莲郁郁复飘香。
依依杨柳小亭畔，吾弟餐风踏夕阳。

竹枝词·题家弟
所摄丰临渡龙舟赛视频（2016.8）

不愁柴米不交粮，自足农民居水乡。
早谷收完晚籼种，龙舟赛事好开张。

锣鼓红旗人满巷，全村呼拥唤儿郎。
那边吹哨早开练，这里抬舟下水忙。

擂鼓三通意气扬，呵嗨声震闹腾骧。
今朝鼎沸丰临渡，火了平林碧水乡。

题友人所摄《深秋残荷图》（2016.10）

秋风飒飒访荷塘，水面留痕绿间黄。
怜此衰荣相生意，伊人欣慰胜忧伤。

赠彦飞君 (2016.10)

地球大数据,堪称家国谋。
人世值几搏?请战携吴钩。
英髦出燕赵,壮心今始酬。
勤敏沽上客,领队过滩头。

注:清晨接彦飞来函,得知他申请的"大数据项目(地球物理大数据)"2016年度国家自然科学基金重大研究计划项目答辩顺利通过,喜而有作。

题友人室内红梅 (2016.11)

雾霾冬又袭,雅客室中陪。
红艳庄而重,清香暗复徊。
横斜牵赋咏,胸臆涤尘埃。
不敌悬崖立?歆君手自栽。

题翠环君所摄《十里桃林》(2017.3)

深深一径短墙西,十里夭夭又满堤。
牵绾旬年桃李梦,津门鸿爪尚依依。

注:我曾于河北工大任教十多年,临近桃花堤的院区是常去的授课之所。每当春日课间休息时,喜在楼下小径散步;桃之夭夭,怡然入目,殊堪吟赏。

蓝宝石婚日有作 (2018.2)

雨雪风霜迈迹留,相扶卅五喜同舟。
儿孙绕膝忙中老,各住津京挂两头。

念儿周岁有作（2018.3）

冉冉阳春至，娇孙日日乖。
攀爬如小虎，顾盼似红梅。
口懵牙牙语，门迎渐渐开。
嫣然舒笑靥，故事可人来。

允琪八岁生日有赠（2018.3）

盼女吾家愿，尤怜咏絮才。
得琪生肖虎，允我笑颜开。
三岁儿歌串，七春贝乐乖。
思凝能对弈，学笃实堪培。
师友称兰蕙，乡亲夸好孩。
球场见风采，故事喜编裁。
宜有凌云气，婷婷向未来。

应邀参加应用数学
九四级同学聚会有赠（2018.10）

廿载丰成聚校园，来寻鸿爪绾芳年。
西沽总是梦萦所，今日披怀笑语阗。

历过风霜值茂年，向时学子已中坚。
别来情谊诉难尽，相约征途再着鞭。

注：我自1994年由河北省应用数学研究所调往河北工大（前河北工学院）任教，参与创建应用数学专业，倾注了我的希望与全部精力。于今，这个专业的毕业生转眼已有廿届，而与首届毕业同学相见，更是欣喜有加。

振宇君戊戌嘉月来访有赠（2019.2）

把晤文龙释眷怀，客从南国挟风来。
征衣未解六千里，喜气先萦三径梅。
沽上曾张凤雏翼，海滨又骋顶梁才。
此行乐汝新衔命，放论犹胜置酒杯。

感事寄彦飞君（2019.8）

彦飞君第五次主持"反演问题及其应用"国际会议，我此次受邀未赴；又闻他主持的国家重点实验室近日顺利通过验收，感而有寄。

感君深挚数相邀，曾揽千帆亦弄潮。
此际龙岩办嘉会，故人海淀仰高标。
劲雄几域纵横贯，醇雅连年咫尺聊。
闻说验收关已过，男儿奋拔即英豪。

注："域"特指技术、学术领域。

老乡、好友霁月斋主谢颖新先生书法

陪老伴捯细线有感（2019.10）

线圈已变一团麻，初看芸芸眼欲花。
千叠绕缠头怎出？几番摩揣计难拿。
劳劳自顾囧呈策，著著伊通慢捯纱。
世事何尝不如此？外行气躁莫充"家"。

满庭芳·忆孙女满两月
由京返津探视而作（2020.3）

梦泽寻根，津门落地，凤雏声悦吾家。
汝来堪忆，邀嫩柳桃花。
信是结缘前世，行十载、作别云遐。
溢庭户，氤氲瑞霭，袅绕度京华。

倏韶光两月，忙了婆媳，俊了娇娃。
笑靥启，粲如诗意朝霞。
相对凝眸一笑，问曾识？答曰牙牙。
期何日，青莲湾里，携尔看桑麻。

注：青莲湾，湖南老家所在地。初稿成于2017年5月，最近作了修改。

清明思亲（新韵）(2020.4)

魂系清明杜宇催，又临扫墓不能归。
殁时抢地奔丧阻，在世离乡尽孝亏。
蔼蔼希言思切切，劳劳偻影梦巍巍。
春晖曾否涓埃报？极目潇湘老泪垂。

忆先严辞世 (2020.8)

五秩猝然殁，天爷何不公。
身羸偏病久，村僻复家穷。
况历灾荒岁，更凋田舍翁。
罪儿无孝甚，未跪父临终。

忆陪孙女学围棋（2020.8）

陪学启蒙同一师，逼封拆挤共迷痴。
入门已喜能深悟，穿径尤欣比力持。
渐渐伊方到佳境，劳劳我不似先时。
可心童趣慧开早，当是蒸蒸日上姿。

注：逼、封、拆、挤，围棋行棋的一些基本下法。

赠星际荣耀老愚公（2020.10）

喜闻学子说沧桑，击搏航天几转场。
议老愚公星际梦，与君意气共飞扬。

注：金来君（微信昵称老愚公）近日来访，述及别后二十余年之奋斗经历，而今又为北京星际荣耀空间科技公司圆航天梦而奔走。赞赏之余，欣然有赠。

师严情真（2021.1）

师恩父爱自无伦，舐犊无言踢也亲。
忽忆当年诲心苦，苛求尚觉更情真。

注：记得四十多年前，我初次主持、完成了一项应用研究课题，在作鉴定时，（事后得知）我的老师力排众议，将结论意见压低了一些。至今想来，其严师情谊之真之切，可见一斑。

验审包裹即兴（2021.6）

顺丰特快电相催，包裹新鲜待验开。
知是斯生情所系，湛江红荔应时来。

伏中有寄（2021.8）

伏天犹未过，念念别来秋。
我理京畿宅，君持沽上楼。
徐徐华诞近，耿耿玉心俦。
已惯离中老，且分儿女忧。

向午偶得（2021.10）

悦目芸窗外，凝阴向午明。
书中寻古调，耳畔振希声。
心会由深浅，冠瘟随重轻。
忽然思舍弟，矻矻五羊行。

赠阳阳由秦赴武清求学（2021.10）

绮梦终圆丹桂香，举家陪护到雍阳。
此行当自奋雏翼，莫负心仪好学堂。

陪老伴协和就医确诊后拟作（2021.11）

名医不负予，顽症已成输。
方觉人忧乐，归为恙有无。
嘅然饥渴甚，盼矣爽凉俱。
儿媳灵犀透？呈来糖串葫。

注："糖串葫"，冰糖葫芦之略。

览学子年终汇报有赠（2022.1）

盛年真有为，佳实喜连连。
名利可居后，登攀不让贤。
思能开且阔，行重笃而坚。
今又检芳讯，心中自惬然。

因诸生筹备为余贺寿有寄（2022.1）

传薪岁月结深情，有幸西沽共垦耕。
历历当年争翼奋，欣欣诸子报功成。
颇怡得顾犹青眼，自笑何堪此逸名？
况是疫情犹未绝，毋劳动众起遐征。

注：西沽，河北工大所在地。

2018 年全家合影

儿媳陪我多次看牙医有记（2022.2）

月月治牙跑数遭，恪勤陪护不辞劳。
见吾倦闷笑安慰，靠岸船须撑几篙。

题越寒为我装电脑（2022.3）

大存储配大键盘，电脑龙牌里手攒。
一片爱心倾只语，屏前世界可由观。

注："龙牌"，次子越寒属龙，故名。

第二辑　赓酬与题诗

寄世平兄三章（2012.6）

与友人商世平兄分别二十年有余。近日偶搜百度，得知他许多未闻往事和近况，尤喜其自强不息，耕耘不辍，著述有加，乃呈三章以寄系念、赞赏和感发之情。

其一
诗章鉴选索千家①，劳碌编余水作茶。
厚我烦君为润改，献芹拙陋得升华。

其二
瓜豆篱边种复锄②，华衔实佩素怀摅。
感人最是春寒念，桃李牵肠睡不熟。

其三
闻道君家善策谋，竹林诗社聚朋俦③。
卅园四季诸佳景，吟唱出新争上游。

注：①1992年世平兄参与《当代千家诗词选》的编撰工作；②1993年世平兄的第一本诗集《篱边瓜豆》出版赠我；中有"夜来风雨春寒最，桃李牵肠睡不熟"的诗句，特别令我感动；③世平兄和诗友们在2006年成立了"竹林诗社"之后，又有一个打算，拟集合大家的智慧，共同出版一部以石家庄各个公园为题材、表现家乡魅力与发展的诗集。

访程致中的博客有感（2012.7）

徜徉博客一佳园，半亩含英景物妍。
不负主人劳作苦，清香阵阵出心田。

题老教书匠的博客（2012.7）

老专幼教写真经，挚切饶多隔辈情。
矻矻研寻心坎得，亲知臧否两分明。

为学诗事呈福建两位吟长（2012.8）

欣喜闽京谊网联，能交左海两时贤。
由来多少殷勤意，都化甘霖润瘠田。

亦是情深亦是缘，小诗犹惠改连连。
推诚研索明机理，妙处何输勾股弦。

根基不厚藐加功，达意循规语困穷。
检省囊书门欲进，师之我愿学崇崇。

注："两位吟长"，指闲居采真君和马亦良老师。

读贵州诗友余廷林
《滴泉居词集》有赠（2013.4）

山居简陋远嚣尘，默默耕耘又几春？
茂育后生亲笃教，痴倡诗道乐传薪。
思牵民瘼心何痛，吟到乡情语至真。
崇美郢声多恋曲，滴泉词韵溢清醇。

友人登泰山遇冻雨受阻有寄（2013.11）

岱岳巍巍近在眸，南天门下起吟讴。
置身云海忘今古，侧耳松涛壮喜忧。
满拟登阶电充足，岂料冻雨憾遗稠。
濒临绝顶徒翘望，一小群山夙梦遒。

读一海粟
《批改毕业论文》有感（2013.11）

浊气侵簧久，却为蚕烛吟。
待生如侍子，授业复鸣琴。
耻矣师之惰，甘兮学以深。
殷殷何所念，苗木变华林。

注：读一海粟此诗，深情、忧虑溢于字里行间，特赠数言致意。

读酎老《题走着瞧〈二酉山图〉》有作（2013.12）

伏士高风万世模，舍生护宝德勋殊。
五车书免坑焚劫，二酉山令儒谒趋。
泽润子民功自在，长春圣迹道无渝。
亭前仰止思贤哲，古韵悠悠绕画图。

注：沅陵二酉山，亦称"古藏书处"，中华文化之圣山。

浣溪沙·甲午迎春
感赋并复友人（2014.1）

　　冉冉流光约马蹄，年年不觉鬓添丝。春华秋实许参差。

　　梦绕溪头莼菜长，云缠树杪柳莺啼。东风忆到故园西。

　　一曲清歌伴马蹄，幽怀落落待春归。素琴谁抚故山隈？

　　韵出冰弦衷臆抒，雁来琼岛锦书随。东风吹过竹林西。

韵酬一海粟吟长（2014.1）

凭海轩歌本绝埃，牵吟望里入乡槐。
楚湘一代砻磨久，桃李几方娟艳开。
揽笔且随松韵舞，畅怀自请素心裁。
屏前酌句生机满，为有东风扑面来。

注：一海粟吟长的博客名为"凭海轩"。

贺《一海粟诗词》即将付梓（2014.2）

奋拔扬馨笔力遒，倾身几度搏潮头。
吟边朔野潇潇雨，梦里慈亲飒飒秋。
越世情怀尚清雅，凝章格韵入高流。
民生国计牵萦际，凭海临风独倚楼。

韵和友人《病身对雪》(2014.3)

沽水苍茫忆旧时，依稀帆影惹遐思。
病身悦目津门雪，素韵幽怀郢客诗。
志欲高崇追李杜，歌当慷慨舍吾谁？
休云难免折腰赋，犹效琼峰兀兀仪。

注：友人诗中有"年年岁岁折腰赋"句。

读紫东兄诗文感怀二首 (2014.4)

其一

伫立京华一望遥，津门别久接心桥。
楚怀幽绪何由诉，我遣春风慰寂寥。

其二

数海行舟意气留，裁诗酌句老研修。
但求骨力真情在，笔舞霜天记乐忧。

读楚江闲鹤吟长《七律·吴蚕老去芰荷新》有寄（2014.6）

沃霖喜降物华新，一别沉疴谢杪春。
苦乐相扶三世幸，灾魔与搏六章①陈。
新裁雅调雄楼②约，彩笔惊龙阔水③询。
纵目晴川连碧树，楚天又见鹤凌云。

注：①六章指吟长之《病中杂咏》（六首）；②在其《七律·晴川阁望黄鹤楼》中有"凭轩隔岸看雄楼"句；③阔水——我们的母校都是武汉大学，她坐落于珞珈山，毗邻宽阔、美丽的东湖。

和友人《咏石》(2014.6)

千载阅炎凉,萧然踞大荒。
砻磨来海岳,变转或砖墙。
骄傲路楼约,艰贞心膂藏。
翻从石沙土,一例证沧桑。

贺百岁诗翁赵玉林前辈新春诗书画展(2015.2)

丹心椽笔写春秋,世纪风涛涌案头。
逸响三千出肝胆,幽怀一路系神州。
耄勤未懈大刀梦,布褐常萦黎庶忧。
历劫诗雄诗不老,驰芳戛玉到重楼。

注:赵老九十八岁时曾有保钓诗云:保钓坚贞誓不移,恶邻启衅酿新危。老夫未懈大刀梦,记得卢沟喋血时。

敬酬酎老惠赠
《酎泉夕照》诗集（2015.6）

阔怀椽笔记春秋，神彩斑斓展卷收。
远使扬馨才识广，燕园迈迹岁华遒。
巍然太谷晋祠赋，朗矣金台夕照讴。
美刺时传新警句，干霄意概足风流。

注：《酎泉夕照》诗词赋俱备，后者有《太古赋》《晋祠赋》等。酎老的寓所在北京金台路，是昔日"燕京八景"之一的"金台夕照"之所在，先生自称"晚年的生活也就围着'金台夕照'转来转去"。

和紫东兄题所摄《山塘野鸭图》（2017.3）

苇丛农舍绕方塘，冰雪半融驹影长。
野鸭泛波欣濯足，宛然入梦到吾乡。

读诗友《病中吟》并悼其早逝（2017.8）

苍天何不惜英才？扶病生涯两相摧。
卧榻凄凄诗气壮，直令沪浦恸潮来。

浣溪沙·观友人海滨
健步环境照有寄（2018.5）

拂面晨风习习吹，春蹊健步几忘归。云边如画海山隈。

裁就新篇烹茉莉，飞来绮思托蔷薇。香江凝望总依依。

赠韩老师（2018.6）

几回遇见读书勤，荐赏诗词说蒋勋。
闻道钱塘留指爪，知非巾帼等闲人。

邂逅香江诗友（2019.5）

孤游博海几经年，邂逅采真何畅然。
笔下指瑕春浩浩，吟余论道意拳拳。
抒怀两地萦家国，骋目相思寄水天。
八载神交师亦友，飞鸿雅什证前缘。

注："闲居采真"，友人网名。

题闲鹤的美篇
《2020年的第一场雪》（2020.1）

昨夜婷婷几时到？京都妆点又飞回。
琼花树树笑如靥，知是斯人吟赏来。

依韵和南国诗友《春歌》(2020.2)

闻道闽中好岁华,东风识路访家家。
催醒岭岭坡坡树,漾绿层层叠叠茶。
好是南乡铺锦绣,更招诗侣咏桑麻。
在望北柳开春眼,疫后生机次第花。

题侪石兄
《笔底春浓画牡丹》视频(2020.5)

泼墨涂红势渐匀,纵毫潇洒见精神。
盈盈一派英华气,纸上天香欲胜春。

题晓京
《2020 诗画集存》之画《梅》（2021.1）

识君尤喜绘梅花，画富精神诗亦嘉。
百态千姿癯瘦影，齐来笔底竞横斜。

依韵奉和湖北诗翁
兼谢饶女史（2021.1）

久仰嘉园女史才，何期荐得好朋侪。
一章初识沉雄笔，六和行瞻旷淡怀。
翁拂吟鞍思尤健，我临诗颂趣相谐。
近来疑作郢门客，几度神游访玉阶。

注：湖北诗翁者，饶女史之好友也；饶女史介绍我与之结识，我以《春歌》呈览，先生随即赐玉相酬。饶女史还特意建了一个诗颂群聊，以资研讨。先生后来有六首次韵《春歌》之作，殊堪学赏。

如梦令·答谢闲鹤吟长（2021.2）

挥动如椽画笔，描绘吟朋俊逸。一任舞晴空，留下鹤仙妙迹。祥吉，祥吉，怀玉抱兰情溢。

如梦令·谢赠幽兰诗友（2021.2）

浴过黑河冰雪，卓约幽兰奇绝。空谷溢芳馨，更喜问天望月。才捷，才捷，倚马调词册阕。

忆丙申春紫东兄
自美归见访送别（2021.3）

话断迢迢廿载违，临行语哽月依依。
潇湘游子异邦老，探问何年君再归？

读随风飘逝君
咏唐山南湖诗词感赋（2021.4）

读津门随风飘逝君《沁园春·唐山南湖》《七律·南湖感怀》，深受感染，不禁网游南湖，欣然有作。

曾闻南湖秀，访唐未相亲；
公事匆匆过，期待探虚真。
别有歌啸客，卓尔出沽津；
感怀地天换，词谱《沁园春》。
盛赞伊之美，漫漫水粼粼；
湖中泛桂棹，岸边柳色新。
碧水绕琼岛，鸥鹭嬉蒲蘋；
信步过水榭，石径蜿蜒伸。
繁花护嘉树，芳草绿茵茵；
微风动荷芰，宝塔望嶙峋。
忽而欢声起，喷泉有妙陈；

邀月香茗岛，招朋约佳人。
安在废城郭？繁华已跻身。
忆昔大地坼，魂惊泣鬼神；
破坏殊惨烈，回首犹沾巾。
重建一何速，伟力来斯民。
我思接百载，对此仰星辰。

注：初稿成于 2013 年 11 月，近日试循古风之制，作了修改。

闻海棠花溪之约寄闲鹤兄（2021.5）

闻君有约共探春，未到芳溪已入神。
何幸牛年可谋面，海棠花下晤佳人。

恭和闲鹤吟长
《吟友结社五年有余》（2021.8）

快意伴吟方一龄，赏今溯往沐幽馨。
满园秀气藤萝艳，五载珍藏竹叶青。
社课分题惊梦笔，花溪联唱绕棠亭。
嘤嘤诸友悦同响，争献铿锵振玉声。

五古·再晤樾兄有寄（2021.12）

久仰樾下客，还忆花溪逢。
京都海棠畔，盈盈生睦雍。
又聚绿茶亭，诸友诉情浓。
听君说故事，不禁迷芳踪。

相见欢·和闲鹤兄
《相见欢·京友小聚》(2022.1)

绿茶雅聚迎难，值严寒。何惧冠魔犹在，意娟娟。

理幽绪，望同路，到吟边。倩影频留重叙待来年。

注："绿茶"，绿茶餐厅。

韵和一海粟《题江城春雪图并寄炊烟兄长》(2022.2)

虎年人日里，题咏播佳音。
得句江城雪，抒怀兰蕙心。
诗边赋清雅，笔底落深沉。
芳讯何时至？还从柳上寻。

敬和一海粟《临江仙·寄炊烟、闲鹤诸师友》（2022.2）

飞雪感吟清兴发，赓歌韵雅词瑰。群星璀璨满屏辉。悄然春意动，笔底暖风催。

忆取当年酬玉和，浣溪沙曲萦回。贤朋琴抚故山隈。调弦衷臆抒，驰教锦书随。

注：在一海粟的原玉《临江仙》中有句云："赋得江城飞雪日，吟坛催绽梨枝。"又，她曾于甲午迎新之际，发表《浣溪沙·新年感吟》；参与唱和者有二十几位新浪诗友，热闹非凡，我亦忝列其中。因初次接触该词牌，加之为半个老乡，我自然向她讨教不少，受益良多。

第三辑　感事寄怀

悼张志新烈士（1979.7）

生实为人杰，死亦惊鬼雄。
感慨当年事，愤愤怒难平。
无泪为君哭，砺志践君行。
气节铭肺腑，力赴新长征。

注：曾刊于《石家庄日报》。

石门书怀（1993）

往事萦回惹梦思，午过才觉日飞驰。
疑中穷理寻微谛，忙里偷闲觅小诗。
风雨岂无衰病感，文章幸有内行知。
良图又拟凭驱骋，气志还如年少时。

注：应河北工学院领导之邀，前往任教，行前有作。此诗连同《赠弃商从教诗友》，曾载于由《燕赵诗词》编辑部编著、1999年由香港天马图书有限公司出版发行的《当代千家诗词选》。本次收录时稍有修改。

2008年与彦伟、张华在北京第一届反问题国际会议留影

感事一首（2013.6）

多舛命途曾顿沦，时来又热势弘新。
却忧别有商商客，嗜利营谋假圣人。

注：读《光明日报》时评《国学，不能成为一种"生意"》有感。

2013 年与美国著名学者纳什及学生于南昌留影

在南昌国际会议与俄罗斯著名学者雅格拉夫妇合影

应邀参加第三届反演问题计算方法及其应用国际会议献词（2013.7）

东南形胜地，雄州屹江滨；
自古称逸迈，新纪尤精神。
夏日俊彩驰，东华①濯征尘；
斯会三届开，一域景色新。
纳翁雅哥拉②，蔼蔼欣顾频；
中坚与后继，喜多年轻人。
所重在应用，创辟踏要津；
耕垦淬而勉，秀拔立群伦。
此际又聚首，论道或奉珍；
簧台③播清响，空谷听妙陈。
席间筹前路，卓识允相亲；
何当登凤阁，骋眸意气伸。

注：①东华理工大学为会议的主办单位之一和东道主；②纳翁、雅哥拉分别为著名美俄学者；③簧台指学术讲台。

杂咏二首·读时评《学者"赶会"风当刹》有感（2013.9）

其一
论证讲摩忙欲疲，翩翩时彦举云旗。
几家近日频来约，冷落书斋身向谁？

其二
学苑时宜趋诡靡，斯风何日有穷期？
合该一扫浮华甚，谁作铮铮俊骨伊？

忆母校校庆一百周年（2013.10）

如春冬日珞珈山，钟秀黉宫庆百年。
四海归鸿鸣暖树，八方来客促和弦。
喜看桃李满天下，仰止前贤着祖鞭。
且共回眸且共勉，风骚继领话无眠。

高阳台·感事有作（2013.11）

沧海桑田，兴衰更替，
神州几度昌隆。
质厚吾民，于斯矻矻兴功。
睡狮积弱终雄起。
看而今，屹立寰中。
撷秋光，万里江山，寥廓霜红。

天翻地覆千秋业，
共雄文佳什，郁郁葱葱。
伏虎屠龙，声威犹震穷凶。
沉疴舟畔千帆疾。
挽时轮，尤赖艄工。
要争先，鼎革图强，破浪迎风。

高阳台·为嫦娥三号实现月球"软着陆"而作（2013.12）

奔月嫦娥，灵均仰问，
幽思妙接苍穹。
似近芳邻，几家踏访留踪？
扶摇贯越迢迢路，
倩三娥，起舞遥空；
属车随，着陆虹湾，雅步雍容。

飞天绮梦成真始。
举神州之力，解困千重。
玉殒香消，大娥奉献前功。
铁军"四特"精神铸，
竭智诚，个个争雄。
搏来年，为振戎装，折桂蟾宫。

注：大娥、三娥分别指嫦娥一号、三号航天探测

器。"属车"指嫦娥三号携带的玉兔月球车。"四特"指"特别能吃苦、特别能战斗、特别能攻关、特别能奉献"的载人航天精神。

读博文《刘征谈"什么叫老了?"》有感（新韵）(2014.8)

诗翁心语睿无前，老似门窗次第关。
莫负沧桑浓淡墨，须酬夕照与春山。

注：在李树喜先生的博文中，摘录了刘老先生的一席心语："……什么叫老了？就是一扇一扇地关闭人生的门窗，如欲望、金钱、出游、会友、购物、烟酒等等，最终走向黑暗。"诚哉斯言，慨然有作。

沁园春·反法西斯战争及抗日战争胜利七十周年感赋（2015.6）

弹雨腥风，历历在目，惨绝人寰。
忆卢沟劫火，金陵喋血；
神州沉陆，欧亚凋残。
反击如潮，兵盟似铁，
敌忾同仇诛悍顽。
凯歌奏，看八年挥剑，一柱擎天。

峥嵘七十驰年，喜日渐蒸蒸家国安。
但云藏雾列，兴波起浪；
魂招鬼拜，钓岛抢滩。
当负时任，勿忘寇难。
图治维新志益坚。
担道义，共起肩竞奋，再造河山。

清平乐·赶考（二首）（2016.6）
——纪念党的九十五华诞

神州欲晓，欣问平山好。
喜迓八方驰捷报，打点进京赶考。
二十八载征程，浴过血雨腥风。
周律安能姓"铁"？
两个"务必"前行。

新纪应考，叩问平山好。
砥柱忧患胜炙烤，
怎对乡亲父老？
舟载舟覆黎民，反腐铁腕图存。
家国兴亡何系？唯在洗炼党魂。

应邀参加淄博反问题国际会议有作（2016.7）

其一 有感

驰誉中华与异方，淄州雅集聚贤良。
深耕问难正而反，通议伐谋辩复商。
漫道讲坛徒话论，饱参利器示精强。
人言今夏好风景，袅袅清音绕殿堂。

其二 寄友人

犹记津门荐彦郎，听君一席话生香。
数坛盛举累总管，博士风流忆敦煌。
拙作初成蒙见爱，高徒弘艺事图强。
到临诸友正翘盼，讵料播馨巡异方。

注："彦郎"者，即为此次大会的主持人王彦飞教授。

南海仲裁案五题（2016.7）

其一
风云南海恶涛狂，结伙刁邻争拓疆。
何故中华拥千载，而今劫掠却堂堂？

其二
和平崛起势趋强，我自从容霸主慌。
拉打堵围穷竭力，图谋倒海又翻江。

其三
自命公平保护神，横行无忌地球村。
四方作乱好伸手，渔利无多怎遂心？

其四
南海仲裁窥一斑，纵横捭阖欲遮天。
是非颠倒堪瞠目，原告法官棋手牵。

其五

难移公道驻人心,不义积多正掘坟。
冷对阴招施无已,何当一决扫妖氛?

闻小英民调直落有作(2016.9)

又闻宝岛来风信,倒了阿扁出小英。
巨号贪充救世主,空心菜变得民雄。
一朝票决殊称快,几度望颥憾落空。
舟载舟翻竟何系?有期民主毕其功。

长征胜利八十周年回眸（2016.10）

长驱二万五千里，历尽艰危著茂勋。
八十沧桑惊海宇，如磐信念最堪珍。

摧腐攻坚向纵深，可曾反省背初心？
与民系紧千千结，赢取新征记六箴。

注：南宋学者王应麟《小学绀珠》所提之"从政六箴"：清、公、勤、明、和、慎，仍有重要现实意义。

闻航班因雾霾严重三次
降落失败返港而作（2016.11）

电掣重霄一苇航，香江辞别越津塘。
何期着陆三拼力，铩羽京华霾雾墙。

湛蓝曾造倚偏方，军令虽严效少彰。
举国若非恒竭力，怎教霾毒出膏肓？

注：据"财经网"7日消息：近日，因北京雾霾严重，航班大面积取消，国泰航空航班降落三次失败返回香港。

丙申岁杪感赋（2016.12）

暑往寒来岁轮转，涓埃曾几报三餐。
讨霾唯有怀忧赋，伐贼徒留愤切篇。
忠鲠端宜献家国，欢辛甘共与黎玄。
烹鲜之计岂容滥？仰望星空时怅然。

党的十九大召开感赋（2017.10）

五载赢鏖战，涛狂浪骇中。

克艰拼毕力，掌舵拥艄公。

断腕摧贪腐，鼎新切深衷。

红旗飘猎猎，擘画启鹏程。

戊戌大雪日未雪感赋（2018.12）

令至空望雪，冬阳对冻寒。

萧萧风敲树，霍霍贾抢滩。

霾雾来何重，疾忧祛固难。

春潮安可挡？无畏逆流湍。

文学沙龙五载回眸（2018.12）

嘉岁匆匆驰五载,沙龙回望迹痕鲜。
春花秋月试吟赏,古调新歌共学研。
笔底河山时入梦,念中黎庶每成篇。
纵眸四海风云起,别有襟情寄亥年。

注:己亥将至,回首育新文学沙龙五载历程,欣然命笔,并赠诸友。

戊戌除夕即兴（2019.2）

除夕立春日,行行拂暖风。
鞭竿响犹念,芽绽醒梧桐。

北国耕耘五十年，潇湘回望径吟肩。门前桃李堪嘉慰，梦里桑枢总挂牵。治学辛勤思悟径家偶向食行穿，新裁说与故人赏，妙霎不输句股弦。

辛丑春日好友骆依群书
恭录肖庭延教授自画诗

好友、校友依群兄书法

自画像 (2019.5)

北国耕耘五十年,潇湘回望耸吟肩。
门前桃李堪嘉慰,梦里桑枢总挂牵。
治学尝融践思悟,持家偶问食行穿。
新裁说与故人赏,妙处何输勾股弦。

平淡吟（飞雁格）(2019.6)

到得京都为子孙,双肩义务不须论。
腻歪琐事勤料理,贪玩稚童劳领跟。
偶坐酒家鲜可品,幸交诗友课同温。
推车满满载平淡,既是情浓也是真。

史 笔 (2019.9)

笔头抉择勇而悬,美刺非公万载鞭。
无有谎言休着墨,忠贞时与死生连。

回　眸（2019.11）

犹记角山相伴游，青春年少意方遒。
览关纵议风雷动，投笔曾惊神鬼愁。
跃跃何时能展翼？昂昂有责挽沉舟。
沧桑四秩生机满，回望幽燕一醉眸。

注：1978年秋，曾偕友惬游山海关角山，屈指四十余年矣。

民　镜（2019.12）

颗颗民心似镜开，假真丑俊佐明裁。
纷纭世事多重鉴，莫让是非翻过来。

诗意人生（2020.4）

脚踏乾坤总在途，浮沉冷暖与民俱。
红梅陶菊年年访，翠竹松窗日日扶。
兴至呼徒疑欲析，朋来叙旧酒多沽。
情关休戚吟家国，漫道老夫诗意无。

人之初（2020.4）

孩提初入大门堂，学会做人头一章。
家范几家成摆设？起跑线上比谁忙。

孔 子（2020.5）

至圣何因成素王？君臣代代定崇扬。
几朝克践真仁政？但驭黎民毋脱缰。

忆一九三八年花园口决堤（2020.6）

奔腾九曲母亲河，养育儿孙苦难多。
犹恸当年挡兵日，泥涛滚滚泪滂沱。

人生舞台（飞雁格）（2020.6）

出世旋登大舞台，轮番陶炼不时来。
百年业事系于己，莫怪考场无彩排。

书　愤（2020.6）

权钱横作竟欺民，岂止坑娃十六春！
理义良心竟安在，苍天不应罪何人？

注：闻农家女被冒名顶替上大学，十六年后事发，愤然有作。

俗　网（2020.7）

忙碌于尘世，名缰利锁牵。
守身唯自立，仄媚复谁怜。
磊落怀彭泽，轩昂读谪仙。
而今论跨俗，能不仰贞贤？

保护伞（2020.7）

无骨无形利锁连，暗张暗合好遮天。
极心作恶主奴共，暴雨浇来举着权。

庚子高考录取之际有作（2020.8）

烹鲜依法忌言空，拔俊撷英呼大忠。
冷眼自当明次第，寒门不碍决雌雄。
岂忘缺德兼无耻，犹悸作奸还假公。
此际尤当严赏罚，振扬法纪剿阴风。

虎蝇之"座右铭"（2020.11）

也曾说誓为人民，吃苦争先秀得真。
常炫座铭贪腐际，虚华益助手长伸。

岁暮书感（2021.1）

赢得惊心抗疫年，时闻巷议九州安。
瘟神过往频频败，伟力方今凛凛攒。
步稳连横破围堵，绳拧一股度艰难。
漫云变异复来袭，又对妖风与急澜。

沁园春·岁暮放吟（2021.1）

回首惊心，险胜灾年，独享国安。记瘴瘟凌虐，军民讨击；环球沦陷，华夏驰援。煦润人心，砻磨士气，伟力方今加速攒。除围堵，更连横身稳，直视无前。

来年共克时艰。聚善策、复苏当领先。有各行拼搏，中枢擘画；协心同德，破隘攻关。喜遇天时，多兴地利，跨马何妨频鼓鞭。谋中外，纵新潮扰袭，岂惧回澜。

时风感吟（2021.2）

当代多丕变，祖风遭袭频。
师颜起尘垢，医德乏慈仁。
扶老几分忌，谈钱别样亲。
殷忧不能已，何以止沉沦？

为某些官员画像（2021.2）

幕后台前变脸频，亦官亦匪两栖人。
光环灿掩贪婪欲，时换新招好乱真。

红尘自遣（2021.2）

偶入红尘七八秋，摔爬滚打足回眸。
酸甜苦辣俱尝矣，好遣襟情付咏讴。

无　题（2021.3）

莫是伊人要着魔？招邀遗溺入吟哦。
不愁无有专家赞，浅浅诗藏诡诞多。

岁　月（2021.3）

失于坚守易蹉跎，一似登峰滞陡坡。
蹬道阶阶恒决力，老来无憾岁如歌。

喜闻叶嘉莹先生当选
"2020年感动中国人物"有作（2021.3）

玉立骚坛发夕英，传承国粹付痴情。
吐丝不计头蚕老，守望贤孙织锦成。

注：叶先生有诗云："弱蚕老去应无憾，要见天孙织锦成。"

辛丑杏月特大沙尘暴纪感（2021.3）

遮天蔽日走黄龙，飙裹狂沙似已疯。
灾害忽降形意外，京畿又陷瞳霾中。
来从滚滚近邻北，冲向茫茫渤海东。
多盼环球同治理，休言华夏是元凶。

题《辛丑条约》签订现场旧照（2021.3）

诈逼兜围留血腥，痛哉弱国受攻凌。
丧心狼虎竞生割，奉命机臣唯任凭。
泪尽遗民厄何重，魂飞皇室溃如崩。
沧桑巨变又辛丑，宴摆鸿门已不能！

有感于蔡元培三请陈独秀（2021.4）

三顾温言仰蔡公，求贤若渴践初衷。
官僚处所期除解，思想自由倡信崇。
仲甫能行高径致，青年可效大英雄。
当时如果拘庸格，或许吾华很不同。

赞荒漠守护者（2021.4）

2019年9月，央广网报道了甘肃古浪县六位老汉带领三代人，以现代愚公的不屈精神，成功治理沙漠的感人故事。

"……38年来，八步沙的三代人在沙漠中默默耕耘，累计完成治沙造林21.7万亩，管护封沙育林草37.6万亩，栽植各类沙生植物3040多万株。如今，这条防风固沙的绿色'城墙'将古浪县10多万亩农田与沙漠分隔开来，守住了一片生机。"读之不禁感慨、动容。

古浪昔日黑风旋，沙赶人牲作滚翻。
寸草可怜望雨水，牧民无奈弃家园。
卅年勇士与天搏，三代愚公把厄掀。
六老忘身勤守护，赢来荒漠有花繁。

诗乃心之窗（2021.5）

诗也心灵一扇窗，性情胸臆着然彰。
楺间识得悲和喜，意气风华览抑扬。

为真善者（2021.5）

益他益世虔而笃，为善无私献己真。
每比声张如造恶，如斯何异盗名人。

痛悼袁公隆平辞世（2021.5）

恸哭神州殒士雄，终身求索搏粮丰。
吾民果腹欣欣日，永念先生不世功。

立身之本（2021.6）

安身立命失忠信，恰似大桥基础倾。
诺不能酬言不果，久之世路绝难行。

读《三国演义》偶感（2021.6）

贯中妙笔意纵横，武略文韬百万兵。
都督艺高迟到位，军师计险早登程。
数招皆许亮看破，三气竟教瑜丧生。
演义如斯虽出彩，抑扬何故弃公平。

题美国印钞解困（2021.6）

反对声中狂印钞，损人自救剪羊毛。
多因炮舰世无敌，纸纸犹能当并刀。

咏刘禹锡（2021.6）

素志彰于陋室铭，屡遭黜贬骨铮铮。
玄都两度啸歌日，寄慨刘郎意不平。

有感于五莲县教师因尽责而受罚（2021.6）

尽责反而遭处罚，是非颠倒实堪嗟。
生因违纪自须究，师敢执规何不夸。
可叹园丁作鱼肉，岂料厨宰即娘家。
尊严下跪古风泯，指望教成什么娃？

题华为鸿蒙操作系统 2.0 正式发布（2021.7）

饮恨命门悬异国，九年隐忍铸鸿蒙。
已赢极限存亡炼，生态重关又直冲。

注：2021 年 6 月初，鸿蒙操作系统 2.0 正式发布。实际上，2000 年底，华为创始人兼总裁任正非就在《华为的冬天》长文中说，做企业，要"向死而生"；当凛冬将至，"谁有棉衣，谁就活下来了"。因而，他们从 2012 年起，就开始规划自有操作系统"鸿蒙"。正因为华为人早就把危机意识融入血液和基因，使他们得以在残酷的市场竞争中成长壮大，如今又在应用生态领域迅猛地开拓前进。

老乡、好友霁月斋主谢颖新先生书法

献给党的百年华诞（2021.7）

觉醒求索挽沉浮，百载投身勋绩稠。
积弱吾华终崛起，图强伟业势方遒。
小康雨露当朝浴，大国德威斯世讴。
四海风云随疫乱，春光一派满神州。

卜算子·季夏京城暴雨（2021.7）

风暴卷京城，投晚雷声逼。骤雨倾盆水漫街，车若连江鲫。
几处未成眠，天怒何时息？保得明朝生气回，抢险当时及。

职场一要（2021.8）

团队如篱几个桩，未闻好汉不需帮。
纵然识艺甲群体，众不谐和恐白忙。

寻（2021.8）

西洋寻了觅东瀛，国欲救兮学寡成。
遂志投身向何处？南湖点亮一灯明。

偶忆往事有感（2021.8）

学府前门未踏过，儒冠拜纳竟相和。
浮名闪烁数高校，陋识纵横几大科。
弃矣精神之独立，仰乎鹰犬也酣歌。
陈年丑事痛犹在，亮节不持偏姓阿！

有 感（2021.9）

身之何物特神奇？透现七情安可离。
厚薄有人能陡变，纵然丢了不忘吹。

寄远方（2021.9）

许国英雄驻远方，凝神驾驭太空舱。
云天之外多奇险，遥寄相思祝顺祥。

为伯主画像（2021.9）

尔来喜仗霸权行，民主大旗云独撑。
斩乱徒时刀霍霍，薅羊毛日孳生生。
廿年终败威风扫，万事穷贪衰象萦。
世变袄灾交对际，结帮驾罪祸心惊。

今宵酒醒（2021.9）

卢生固诞梦黄粱，连梦都无亦可伤。
重酒偶倾堪一醉，今宵放胆醒而狂。

辛丑"九一八"书感（2021.9）

宿敌从来心不死，亡吾挑衅事无休。
可伤别有蝇营客，摇尾崇倭起浊流。

江　湖（2021.10）

人生或遇险江湖，涉浅涉深宜慎图。
过矣自然风浪恶，苟行侠义愿驰驱。

有感于曹德旺不惜重金为职工治病（2021.10）

谁似曹公菩萨心，员工善待倍倾忱。
病危自救若无力，悲悯施援不吝金。

也说成败（2021.10）

成固时豪败亦雄，莫因铩羽掩其功。
忘身苏武孤臣节，赴死荆轲义士风。
丞相辛心出师表，将军悲啸满江红。
尔来怀古抚今际，怎不严然仰信崇？

无 题（2021.11）

多少人挤独木桥？年年国考涌如潮。
生涯布划竞相选，堪叹公仆成首骄。

都市之忧（2021.11）

神州都市竞繁华，举世惊闻天亦嗟。
辛丑灾袭可铭记？百年大计莫留瑕。

题某小学之"细化管理"（2021.11）

近日爆出，某小学将学生分为"领导子女""权势垄断部门子女"等11类，闻之愕然，感而有作。

时下黉门有软招，经营细化育昆苗。
学生背景暗分类，谁解如何去灌浇？

题核潜艇总设计师黄旭华（2021.11）

隐姓埋名三十年，许身潜艇苦精研。
惊龙威镇海疆固，国有斯儿母惬然。

空　巢（2021.12）

为儿助力异邦劳，江郭空庐未肯抛。
他日一朝归故土，重新营我暖心巢。

辛丑岁末戏题（2021.12）

八秩濒临马齿松，眈诗能饭享时雍。
余年愿尽些些力，勉作儿孙好护从。

苦　味（2021.12）

五味人生斯列三，古来勇对有雄男。
劳其筋骨苦心志，事事当先一笑担。

有感两首（2022.1）

其一

违建孳成消国财，拆除严令响如雷。
回回疾首究谁责？百姓徒能说怪哉。

注："违建"，违规建筑。

其二

厚禄曾期可养廉，岂知欲壑怎能填。
往昔似雪银十万，何抵三多一日贪？

注：据载，杭州许姓大贪官因钱多、房多、女人多，被人戏称为"许三多"。

往事感怀（2022.2）

扶伤救死忆曾经，实践医之座右铭。
今以孔方兄是尚，仁心安在涌臊腥。

读李清照《夏日绝句》书感（2022.2）

千秋雄句立骚坛，清豪婉约并二安。
忍看夫逃无冷语，一倾浩气吐心丹。

外　衣（2022.4）

登台反腐几扬眉，外表清纯骗口碑。
里子揭开何震诧，黄金满屋杂珍奇。

堪忆（折腰体）(2022.4)

堪忆当年鱼水情，苦甘同矣力同倾。
信赖何诚命能托，抚今傲省不心惊？

第四辑　咏物纪游

题福建三都岛（1977.5）

是年5月，中国船舶燃料公司秦皇岛分公司奉命派油轮去平潭岛参与打捞沉船"阿波丸号"，我作为调度随行，途经此地有作。

天然良港赛珍珠，东海神来水一壶。
此去平潭暂休歇，我怡晨雾漫三都。

注："珍珠"兼指美国的珍珠岛港。

北京百子园小区即景（2011.4）

芳园信步觉春浓，午后行行拂景风。
正喜玉兰舒放早，前方又见小桃红。

题北京天坛公园之柏抱槐（2012.9）

千年柏抱百年槐，历尽风霜自伟哉。
造物天工能致此，托于科技作何来？

注："托于"二字得益于酎泉老人的馈赠与雅意，使诗的意蕴大为提升。

迎春花（2014.3）

路侧篱边素朴黄，枝枝蔓蔓好扶将。
去冬一气扛风雪，迎得春归又吐芳。

题橘子洲之枕江亭(2014)

楚天湛湛水悠悠,绿树偎依枕橘洲。

一歇亭前犹味赏,回廊晴照暖风柔。

回乡访橘子洲二首 (2014.5)

踏访橘子洲头有感

迎送江声下洞庭,花香日丽草青青。

橘洲芳躅可人醉,不负心仪春谒行。

题橘子洲之枕江亭

楚天湛湛水悠悠,绿树偎依枕橘洲。

一歇亭前犹味赏,回廊晴照暖风柔。

乌兰布统草原观日落三题（2014.10）

其一
夜幕金辉耀眼新，融融璀璨浸红轮。
河头争说殊惊艳，醉煞天南地北人。

其二
落日晖光似碎金，沿河飞洒袅余音。
川原爽气回秋籁，浅水依山作和吟。

其三
山川几度历沧桑，霜野犹闻百草香。
非复蓝儿挥泪日，晚风拂黛立苍茫。

注："蓝儿"指"蓝齐格格"。相传康熙帝出于大清利益的考虑，把心爱的女儿蓝齐格格嫁给了仇人——葛尔丹；乌兰布统的公主湖为蓝齐格格下嫁葛尔丹时，途经此地泪流成湖，故而得名。

秋日访卢沟桥三题（2015.9）

其一

伫立千秋古渡头，桑乾河水去悠悠。
蓝天如洗江山丽，忽忆当年国破羞。

其二

国门北破已无凭，十万孤军浴血撑。
可骇八千倭寇犯，竟教魔爪踏宛平！

其三

国弱易遭狼虎劫，志颓沉陆与谁论。
公平唯有卢沟月，鉴照英灵和罪人。

注：1937年7月7日卢沟桥事变时，华北地区全部日军最高统计数字为8400人。同一地区的中国军队，仅宋哲元的29军就不下10万人。战争爆发之前，敌人即已进入我领土之纵深，并以如此少的兵力发起挑战，一个月时间令华北沦陷，查遍世界战争史，无此先例。其中原委与教训，足令国人警醒、深思。

育新花园初冬即景（2015.11）

冬送秋光老，欣捐一径黄。
无言灌丛绿，着意映红装。

雨后游北京植物园赏碧桃有作（2016.4）

四月芳园赞语哗，时闻声绕碧桃花。
徐行沿路餐香色，遥望前坡落赤霞。
诗欲欣酬千叶笑，影留媚映众人夸。
领巾红艳待时过，活跃新晴灿物华。

游怀柔青龙峡遣兴（2016.5）

平湖一览绿波兴，得媚巍巍大坝横。
入画下游多景致，传闻上古走蛟鲸。
醉中山水昔沧海，望里楼台老邑城。
忽讶当年钓鳌客，曾于何处看潮生？

注：历史上，北京怀柔是古人类活动的地区之一，它地处燕山南麓，其境内南北狭长十余华里的青龙峡，是旅游景点之一。20世纪70年代修建的水库大坝将景区分为两个部分：上面为湖，下面为山水。游此景，不禁生出许多遐想。

乘珠海冰山过山车有感（2016.6）

霎时越岭又翻山，飞度云霄急拐弯。
屏息冰峰掠过眼，龙潭闯出得生还。

老虞山陡不宜攀，负重奔跑亦畏难。
这次横心玩个酷，始知过虑误机缘。

游丰台紫谷伊甸园遣兴（2016.9）

相约踏秋伊甸园，温馨一路语潺湲。
欣欣花草媚行迹，款款龙车绾逝川。
衷曲偏宜小亭诉，瑶琴正喜美人怜。
听闻昔日荒凉甚，谁造清佳智勇捐？

丁酉春雪二题（2017.2）

行雨生风未可期，忽来喜雪润春泥。
茫茫四顾地毡白，伟力缝裁谁与齐？

雪萦朝气忒清新，风带轻香欲沁人。
踏踏行行纵情汲，念兹天予倍纯真。

观楼后山桃花开有感（2017.3）

往来赶路怪春迟，触目仍仍枯满枝。
忽见山桃楼后灿，笑容辜负已多时。

题天津住所之小凉台（2017.5）

　　住所窗侧有凉台，内置锅灶等厨什，下铺涵管以备泄水，其实徒具虚名耳。每年春季，闻唧喳之声，初以为燕儿来访而实则雀儿筑巢也。时下高楼耸立，不适鸟类栖息；能有雀儿来访，亦幸事也，因有一诗云尔。

明窗侧伴小凉台，泄水管涵阳向开。
可是主人诚待客？年年有雀筑巢来。

题敦煌月牙泉两首（2017.9）

其一

莽莽逶迤夕照闲，悠悠驼队走金山。
遥望沙坳月牙碧，大漠何来水一湾？

其二

瑶池洒落绿清涟，闻道曾行唐代船。
岸踞驿楼基倚岭，下通地脉上嘘天。
夕阳熠熠明眸动，晓月溶溶细语娟。
应搁琼浆留一醉，翻从山影忆狼烟。

注："月牙晓澈"是著名的敦煌八景之一。

戊戌春游蟒山纪事（2018.4）

随育新文学沙龙诸子游蟒山国家森林公园有作。

蟒山春澹荡，何处玉音浮？
古塔千秋韵，天池百世筹。
眸纵连嶂阔，感发得诗道。
诸子舒襟袍，临风惬胜游。

注：所谓"天池"者，系"十三陵抽水蓄能电站"之上池，雄踞于蟒山山顶，造福后代。

题育新花园之蔷薇芳篱（2018.5）

彩霞烂泼坠芳篱，蝶舞轻香枝叶垂。
花下何人悟花语？呢喃一径接灵犀。

桃花谢了赏蔷薇，雨过婷婷着靓衣。
鲜碧猩红驻春老，不时听得柳莺啼。

摊破浣溪沙·枫叶（2018.9）

红叶连山映碧霄，如诗似火粲然烧。
漫道霜风欲吹老，倩秋高。

故友久违珍一晤，新题遥寄遣斯娇。
忽发幽情怀孟杜，思迢迢。

深秋银杏（2018.10）

两度寒风竟日狂，却持千扇灿秋光。
早霜兼袭婷婷立，还看凌空一树黄。

湿地春晓（2019.2）

瞩目苍茫水接天，含情草色绿连绵。
朝霞拂渚春漪动，浩浩生机来近前。

题潭柘寺之"帝王树"（2019.4）

仰止古银杏，巍巍直接天。
沧桑阅兴废，钟鼓忆悲娟。
根蓄宋唐雨，荫贻世代贤。
寺饶千载韵，一秀屹山巅。

注：在潭柘寺的所有古树中，最著名者当数这棵已有1400多岁高龄的银杏树。此树植于唐代，乾隆御封为"帝王树"。

湘　莲（2019.6）

红妍绿翠遍湖塘，百里荷风动沅湘。
玉臂花莲何圣洁，淤泥能化出芬芳。

山花颂（2019.7）

荣枯系荒野，候至尽情燃。
戏蝶缘香舞，郊游每醉还。
何须慕虚誉？我自晤高天。
遭遇雨霜雪，投身搏几番。

咏　菊（2019.10）

陶令东篱曾做伴，秋丛澹雅满园诗。
老夫尤喜霜枝傲，倩在众芳消歇时。

假日出行（2019.10）

当今节假稠，多作举家游。
高铁诚佳选，私车倍自由。
动身迟易堵，订票晚难求。
欲惬登临意，毋辞电付优。

注:"电付":电子支付。

落叶一首（2019.11）

叶坠依依舞，犹携昔日温。
从来偎绿树，还待报深恩。
追梦春晖路，怀乡游子魂。
朔风何惧矣，入土护寒根。

胡杨颂（2019.12）

大漠甘倾海誓情，风沙碱旱搏终生。
灿黄岁岁捐惊艳，殁亦壮兮天欲撑。

注：胡杨被誉为"沙漠守护神"，它耐寒、耐旱、抗盐碱、抗风沙，生命力极强。殁后长年不朽，仍以高大的躯干守护着大漠。

临江仙·路灯（2019.12）

耿耿街旁巷口，晶晶夜晚晨前。
风霜霾雾不辞难。
可堪三伏热，能耐五更寒。

无忌霓虹争靓，常邀皓月呈娟。
但求民众得平安。
孜孜而默默，夕夕复年年。

吾侪手机 (2019.12)

娟娟掌中宝,诸事巧参谋。
漫道追时尚,还从享自由。
屏前天下小,圈内锦章遒。
惬矣摅心趣,无忘记隐忧。

玉兰迎春 (2020.2)

　　近来宅于京华家中,以抗疫情。今日忽望窗外,暖阳高照,玉兰萌蕊,始知春近矣。

疫情泛滥出江城,戒守家中赏崭晴。
惊喜玉兰春醒早,向阳小蕊正萌生。

春草（新韵）(2020.3)

腊辞已自破余寒，万物欲苏伊竞先。
随处根芽生意动，几分倔强惹人怜。
尔来有爱酬荒野，所望倾情效故园。
看取欣欣绿波涨，春和芳卉共娟娟。

咏　苔 (2020.5)

潮阴湿处托三生，风雨焉移患难情。
莫道此身微且弱，天崩地裂顶头迎。

篱前观蝶 (2020.6)

又逢彩蝶弄芳篱，故故轻盈结伴飞。
可有前生暗相许，无忘践约按时归？

秋　蝉（2020.7）

渠伊喜高洁，栖宿碧枝深。
林静餐松气，风来品籁音。
拟参秋色赋，欲抒白云心。
纵有螳于后，何妨起浩吟。

秋日访卢沟桥感赋（2020.8）

伫立千秋古渡头，桑乾河水去悠悠。
狮经烽火遗雕损，桥历沧桑显劲道。
壮矣拳拳初一搏，抗于炎炎史堪讴。
驰眸万里江山改，洗雪当年国破羞。

神游黄州遣兴（2020.8）

芳躅追寻款款行，犹闻苏子啸江声。
穷途鸿爪今安在，逐客坡田昔怎耕？
欲扣舷歌通造化，转披烟雨悟浮生。
风流一代雄词赋，光耀陋邦传盛名。

注：苏轼曾言黄州为"陋邦"。

海之颂（2020.9）

源自鸿蒙天作成，百川广纳蕴深情。
慈怀骤雨调咸苦，怒目狂飙搏死生。
万顷湛蓝真本色，四时潮汐是心声。
一应珍产捐人类，念念村民劳日耕。

自行车之变迁（2020.10）

从前何事喜如狂？骑上自家新凤凰。
摩拜而今道旁侍，持扶扫码即腾骧。

注：摩拜，共享单车。

咏昙花（飞雁格）（2020.10）

佳人伴月行，皎皎复婷婷。
顾盼如诗粲，留连有蕙馨。
盈盈知己赏，脉脉素心宁。
为践前生约，甘燃一晌情。

叶落二首（2020.11）

其一
飒飒随风落,依依带树温。
天涯当一闯,历练再归根。

其二
叶叶离枝坠,依依何忍弃。
随风走四涯,砥炼犹归地。

松梢月·胡杨 (2020.11)

　　允殖西疆。穷年伴大漠，甘受炎凉。孤寂昏晓，宽慰过旅愁肠。旱碱飙沙轮番虐，誓叫彼、减却猖狂。夏绿墟野，阴秋际，更酣染金黄。

　　火般心意笃，铁样躯干偏，雄立苍茫。烈士其殒，千载老骨留香。不朽拳拳撑天搏，护后继、尽历沧桑。伟矣奇矣，英雄树，数胡杨。

西沽桃花堤春行（2021.3）

杏月西沽淑气饶，阳春花放复夭夭。
芳堤十里醉丰艳，蜂蝶千姿赏媚娇。
何处献歌情婉婉，几家留影乐陶陶。
我来欲访昔栽地，桃李有曾为灌浇。

注：西沽桃花堤为天津之著名景点，与北洋桥及我曾任教的河北工大毗邻。

踏莎行·龙樾小区早春行（2021.3）

阳气初生，寒阴犹伫，盼中芳讯迷晨雾。行行触目满枯枝，如何不碍春归路？
径底寻幽，篱边觅句，山桃绽放朝阳处。人勤自可享韶光，慵疏愧负东君顾。

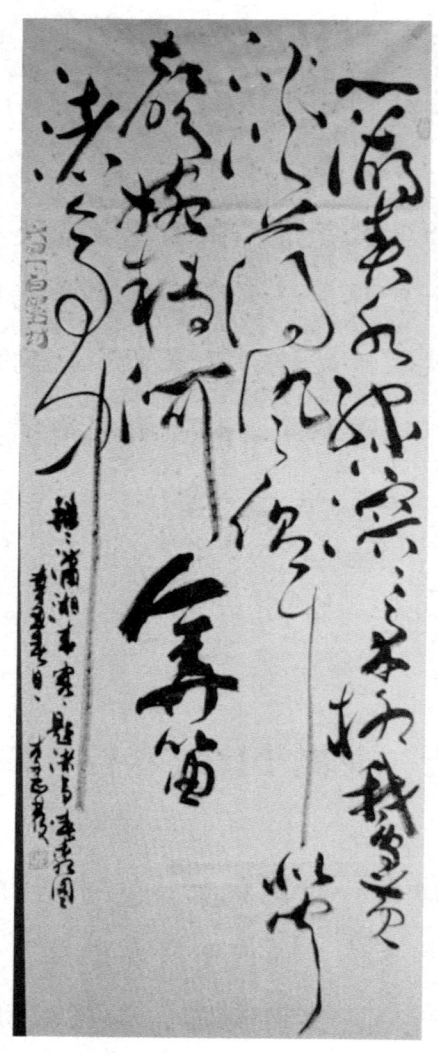

白墨坊主李正发先生书法

题渚亭春柳图（2021.3）

一湖春水绿溶溶，柔柳鹅黄淡荡风。
侧耳似闻声婉转，何人弄笛渚亭中。

忆辛卯八月
旅次星洲得句（新韵）（2021.3）

月近中秋灿灿明，星洲河畔逛花灯。
波光耀艳声哗沸，疑在秦淮惊赏行。

和风逐浪抚银沙，曙色云天无畔涯。
欲拟吟篇海之颂，椰林已共沐朝霞。

得闲鹤兄海棠花溪之约有作（2021.4）

闻君有约共探春，未到芳溪已入神。
何幸牛年可谋面，海棠花下晤佳人。

路遇偶得（2021.4）

一树丁香伴玉兰，花枝万朵竞媖娴。
氤氲阵阵沁心骨，相得相谐无附攀。

浪淘沙令·吟友浴和风（2021.4）

吟友浴和风，我喜初逢。花溪棠海土城东。且趁京都风物好，吟赏芳丛。

聚散固匆匆，网谊犹浓。诗当情挚复求工。好是探幽行进际，可伴诗雄。

注："土城"，北土城，北京地名。

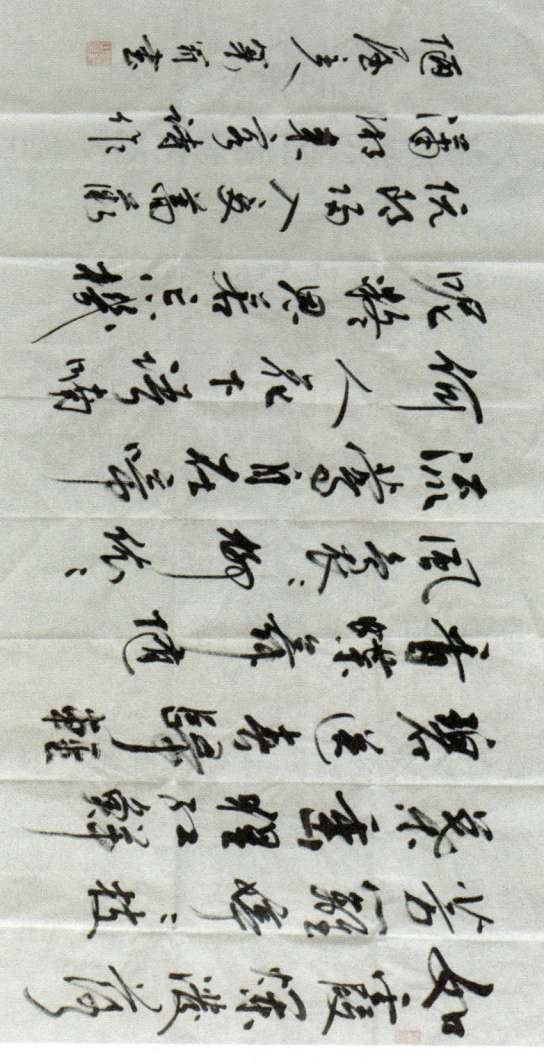

陋屋主人蓑翁书法

依韵和友人
《游元大都遗址公园海棠花溪》（2021.4）

　　约赏芳溪畔，海棠迎俊游。
　　欣欣舒笑靥，楚楚展风流。
　　遗址韶光魅，吟朋雅兴稠。
　　酬心竞留影，也是写春秋。

阮郎归·入夏蔷薇（2021.5）

　　如霞烂泼落芳篱，婷婷枝叶垂。猩红鲜碧送春归，轻香蝶舞随。

　　风袅袅，柳依依，流莺自在啼。何人花下语喃呢，凝思若忘机。

采桑子·夏树（2021.6）

一年又是莺华去，献绿油油。庇荫凉留。宜鸟宜蝉益静修。

储能蓄势功谁匹？守护寰球。永不低头。万世投身夏复秋。

登岳阳楼怀古（2021.6）

久慕吾乡天下楼，巴陵胜概惬然收。
尔来多少登临客，能与范公同乐忧？

题友人所摄雨后夏荷（2021.7）

清纯朵朵竞妍开，昨夜曾遭急雨摧。
淡淡荷香风袅袅，笑迎素友顾探来。

荒野绿（2021.7）

一自东风盛意酬，绿临荒野与寒丘。
生机不怨瘠而薄，奋力青青竞自由。

访朱张渡怀古（2021.7）

东渚访斯渡，前来把盛名。
临风思巨子，泛棹畅幽情。
道岸文津驳，城南岳麓争。
探渊穷理范，千载博心倾。

注：橘子洲在岳麓书院东面，朱熹、张栻二人依据道学的传统，将其改名为"东渚"。

夏 蝉 (2021.7)

夏日隐高枝,暑消旸燥时。
微微阵风过,嘒嘒曼声迟。
感遇客相访,重开唱不疲。
或随佳兴往,清竹共谋诗。

题颐和园雨后西堤 (2021.9)

西堤雨后画图中,玉带桥妍双彩虹。
晴霭秋波弄秋爽,兴怀一啸快哉风。

健康码 (2021.10)

为民数亿录行藏,绿码怀奇护健康。
虽有纵横大流动,疫情疑问析端详。

老丝瓜（2021.10）

颜黄瓤老亦从容，千子为仁怀美风。
待到来春长及夏，俊郎潇洒映花红。

捣练子·雪梅（2021.12）

师竹韵，发冲寒。雪里横斜展笑颜。
峻洁孤标疏影瘦，屹霜崖处报春先。

文房四宝（2022.1）

四珍俱备自娟娟，各尽其能未可偏。
志抒高崇纵豪笔，文彰意气在华笺。
好凭松液龙蛇动，当倩石君魁手研。
士乐亲之结兰友，笑看钓誉客轩轩。

雪中访梅有作（2022.1）

琼瑶一路落纷纷，四处皑皑满眼新。
此际吟观梅伴雪，粲然淡冶倍精神。

火（2022.2）

一自青烟钻燧起，力襄人类创文明。
冷观兹宝翻为害，竟滥用之于战争！

阮郎归·春风（2022.3）

　　余寒殆尽减冬衣。燕来阳气回。染眸几处袅黄蕤。春从柳上归。
　　原上草，锁中梅。渴望雨露垂。谁能一手挡春晖？暄风着意吹。

记壬寅奥园踏青（2022.4）

冠疫时来袭，自由诸所祈。
清明揽诗景，造化涌生机。
跃跃人潮动，行行笑语飞。
野餐茵席坐，侃侃议春归。

注：奥园，北京奥林匹克森林公园简称。

第五辑　思乡忆旧

乡　梦（2015.11）

梦萦云泽沅江边，家在龙阳翠竹前。
两岸鸡鸣炊袅袅，一湾渔火月娟娟。
放歌油菜黄金海，极目莲禾碧绿天。
潺惬姜盐茶解渴，水车声里踏丰年。

农忙寄乡亲（2019.7）

梦中犹记事农桑，三夏时分日夜忙。
恨不能匀烦潺热，田头地垄侍壶浆。

儿时野趣（2019.7）

童年忆，旧梦一箩筐。
水战莲湖披绿甲，火攻坟地舞红枪，
真趣最难忘。

农家盼秋（2019.7）

春耕夏耨伴田畴，接踵农忙没个休。
只盼秋来收获好，孩儿上学不言愁。

忆往日夏忙（2019.8）

农忙两脚也生烟，忙了菜畦忙夏田。
潽惬姜盐茶解渴，水车声里踏丰年。

忆返乡坐轮船时聊天一幕（2019.8）

回回日暮奔长沙，转了轮船像到家。
这位先生何里去？那边妹子把谁夸？
闻言莫是南湖崽？听调知非酉港爷。
你在青莲湾上住？口音已改好些些。

注：南湖、酉港、青莲湾皆湖南汉寿的地名。

忆昔日数学专著脱稿书所感（2019.8）

脱稿临窗若有思，皓然如洗月明时。
疑中千虑催头白，忙里三更笑表迟。
老至弄潮欣且倩，兴来记悟笃而痴。
心香一瓣行间绕，得失媸妍识者知。

往事追怀（2019.9）

忆廿六年前应邀赴河北工学院执教，时年五十。

耕垦年年矻矻姿，石门回首惹怀思。
数经探索开蹊径，燕赵策筹留逆知。
幸得砻磨业能拓，尚堪贬毁誉犹驰。
整装即赴津沽约，正是乘风鼓翼时。

注："数经"，数量经济。"逆知"，指预料、预测。

望月怀想（2019.9）

神州熠熠华灯上，万里清光桂魄生。
安得同瞻玉如洗，香江一带也澄明。

昔日执教记忆（新韵）（2020.1）

执教何分上下班？多因情势定伸延。
兴来探索忘昏晓，课后磋商破隘关。
起早寻思清且爽，睡迟著作彻而圆。
与生或有析疑晤，不意时驰到暮天。

注：在高校执教，除完成安排的授课任务之外，可不坐班。虽曰自由，但备课、参会、科研、答疑、与研究生约谈等，穿插进行，上下班并不明显；若论"加班"者，常事也。

春 运（2020.1）

神州熙攘累车船，兆亿人流大徙迁。
莫道劳劳情味薄，哪家不在盼团圆？

名校门（雁格）（2020.1）

忆昔贫寒苦读勤，学优武大沐书芬。
穷娃多少斑斓梦，望断而今名校门。

除夕有思（2020.1）

九州除夕喜而忙，我所思兮在远方。
值此万家团聚日，满斟老酒敬边防。

童年（新韵）（2020.3）

老来尤爱忆童年，绮梦天真诉不完。
可有稚心犹未泯，新奇几处想爬攀？

忆小芳（2020.8）

轻歌一曲韵悠扬，多少青年喜欲狂。
昔日小芳何处觅？重讴不胜感沧桑。

忆青春年华（2020.8）

荒斋韶苑伴芳华，筑梦苦耕迷珞珈。
渊旨流风蒙润泽，陶开思想自由花。

注："荒斋"，武汉大学老宿舍"荒字斋"，我在此住了六年。董必武曾赞武大"珞珈之山，东湖之水，山高水长，流风甚美"。

鹧鸪天·忆先父送我求学远行（2020.9）

常记殷殷启柴扉，村头嘱咐语依依。
门寒根浅节应在，宇阔途艰志莫违。
千里雁，五更鸡，望儿苦读冷加衣。
学成来拜吾乡里，父在家园待汝归。

重温电视剧《渴望》插曲（2020.11）

聆曲曾经泪湿裳，涌流切盼与忧伤。
家家思变躁然动，今日重歌犹慨慷。

渔家傲·拟齐秦
《大约在冬季》（2020.11）

不尽依依离别意，劳歌一曲撕心肺。请拭难分难舍泪。
长夜里，休嗟尔我身如寄。

风雨之中牵挂你。打拼自理宜申励。可许功成回故里？
于何季？梅边凤诺尤堪记。

年　味（2021.2）

岁岁新红换旧红，希求丰和与时雍。
迎春喜气家家满，最数桃符年味浓。

那年春天（2021.2）

红羊劫里久沉沦,已是千疮百孔身。
记得当年蛰雷动,炸开科学艳阳春。

最　忆（2021.4）

最忆湖乡四月天,苇塘放鸭雨生烟。
儿童玩耍无人顾,忙了春畦又插田。

龙阳夏日印象（2021.6）

红妍绿翠艳湖塘,百里荷风阵阵香。
指点芙蕖如画里,菱歌几处绕龙阳。

注：我的老家湖南汉寿县,古称龙阳。

忆年少负笈远行（2021.9）

湖乡宵壤生，几辈垄间行。
何幸来传报，已能图远征。
珞珈名学府，萧姓俊家声。
负笈辞村老，英英出洞庭。

少年游·珞珈漫忆（2021.9）

驰年堪忆，青葱故事，韶苑伴芳华。阔水灵山，古风渊旨，真合育琼葩。

樱花道，桂香枫艳，梅雪昔曾奢。湖海同窗，天荒人老，犹自念清嘉。

武大老斋舍漫忆（2021.9）

难忘温馨老寓斋，倚山古朴秀成排。
莘莘室友韶光里，踏过樱花跻玉阶。

昔日老街晨景一瞥（2021.10）

轻年返乡日，拂晓抵长沙。
寂寂少人影，劳劳有粪车。
不时牛铎响，几处足音哗。
冉冉市声动，老街生早霞。

思水一方（2021.11）

浩渺洞庭兮一方，今之汉寿古龙阳。
老来回味梦萦所，何处温馨似梓乡？

西江月·赏《小河淌水》随想（2021.11）

皎皎冰轮星宇，盈盈秋水媌娥。翘思仰望想阿哥，溪畔讴谣独坐。

仙曲玲珑婉转，瑶情妩媚婆娑。清风为妹访坡坡，套问哥曾寻我？

重聆《北风吹》感怀（2021.11）

北风一曲诉悲凉，恨怒凄寒杂感伤。
昔日穷人血和泪，重聆百结九回肠。

第六辑　岁月花絮

晴翠拥巍峨,迎我一登临。
——在南昌国际会议与赣州罗兴钧老师相会

迎新试笔·分形图片题咏三首 (2012.12)

数学之美随处可见,"分形图片"即为其典型代表之一。它们是被称作大自然的几何学(分形)与计算机相结合的产物。"分形"基于简单的数学关系,按照一定的机理通过反复迭代(递归),产生无穷层次的局部与整体的自相似结构;如果把这种过程利用计算机"可视化",将会呈现出神奇美丽、变幻莫测的分形图片。兹以数言书我之观感。

其一

如画如诗亦似花,幻奇昭烂斗云霞。
丰妍园里何曾见?试看分形秀璨华。

其二

循程彩笔起雏英,不息孜孜舞竖横。
自似递归无竭意,亭亭渐现妙纷呈。

其三

璀璨科文美两家，情灵通际赏无遮。
屏间婀娜风神出，挑战诗人笔下花。

注：循程，遵循（计算机）程序的安排。

贺《竹韵京山雅集》(2019.4)

俊彩京山聚，啸吟云水边。
推心情切切，论道思乾乾。
清社评高手，明时竞雅篇。
春盈荆楚地，相约谒前贤。

暮 春 (2019.4)

春华艳褪夏花开，岁岁年年去复来。
几度风光几番雨，落红踏碎看新槐。

读霍金望星空（飞雁格）(2019.5)

浩漫星光幕几重？由来不乏探寻功。
银河大道构初解，黑洞微言曲未终。
莫谓前途遥百代，应怜后嗣险千丛。
断无域外生灵扰？谁与斯人藻思同。

读《爱莲说》有作 (2019.6)

陶令独怜菊，敦颐却爱莲。
亭亭而净植，灼灼弗矜妍。
出污身无秽，化香心益坚。
钦其好风致，欲结友邻缘。

竹韵会员刊百期致贺（2019.7）

行攀百尺到竿头，一派清佳供眼收。
花径纵横香馥馥，竹枝摇曳韵悠悠。
谈今论古吟鞭脆，激浊扬馨健笔遒。
或有忧烦新入耳，可堪乘势议嘉谋。

养心歌（2019.7）

心乃人之本，时将善恶裁。
只堪劳拂拭，莫使落尘埃。
俗韵无羞向，清标怎到来？
诗书好俦侣，携手护灵台。

也说为官之孝道（2019.8）

既成公仆孝忠栓，百姓营生应挂牵。
名利当头能后己，纵须蹈火不辞难。

读欧阳修《与梅圣俞四十六通（三十）》书感（2019.9）

书中曰："读轼书，不觉汗出。快哉快哉！老夫当避路，放他出一头地也。"读之怦然心动，肃然起敬。

道德文章好，宽怀世亦稀。
英才能避路，国士贵忘机。
赫赫欧门六，煌煌将帅旗。
古今评伯乐，熠熠泛光辉！

注：唐宋散文八大家，除唐之韩、柳外，三苏与王、曾等，皆出欧门或受其奖掖而致也。

见考生回答余秋雨的提问戏作（2020.1）

对彼山人知几许？某生爽口答将来。
林栖隐士名当考，骨傲诗僧八请裁。
窘态有余徒示勇，先天不足究堪哀。
些些疑窦为君设，测汝求真或是猜。

注：据称，余秋雨在招收研究生时出过一道"略谈你对八大山人的了解"的题目，一位考生答曰："中国历史上八位潜迹山林的隐士，通诗文，有傲骨，姓名待考。"老师看罢不禁哑然失笑。"对彼山人"，即"对八大山人"也。

鼠年将至寄《竹韵》诸友（2020.1）

红红火火好家园，去岁回望物色鲜。
纵笔莊谐伐时弊，由衷景仰颂英贤。
如磋如切竹林里，且啸且歌诗海边。
五百吟朋摅腹臆，扬清激浊再争先。

咏大唐之张九龄（孤雁格）(2020.2)

词臣正国见孤怀，托燕沉吟亦可哀。
德业文章酬盛世，玄林朋比扼高才。
进谗献媚偏恩宠，谏诤尽忠翻谪猜。
倘使朝廷仰先觉，大唐败象或迟来。

浣溪沙·盼春 (2020.2)

宅屋尤怜庚子春，不知先叩几家门？阳光绿野盼相亲。

搏得魔除佳日早，唤来景赏醉人新。放飞久捆自由身。

风雨神州（2020.3）

对阵封城守复攻，冠魔力竭正途穷。
围歼又值春来矣，风雨当过迓彩虹。

重读《岳阳楼记》书感（2020.3）

今古仁人何所求？胸襟一袒记斯楼。
怀乡去国畏讥诼，把酒临风浪喜忧？
几度沉浮犹节亮，八方疾苦倍心揪。
雄文推出后先诘，倡此初衷志未休。

注：欧阳修《范文正公神道碑铭并序》中说：公少有大节，于富贵贫贱毁誉欢戚不一动其心，而慨然有志于天下。常自诵曰："士当先天下之忧而忧，后天下之乐而乐也。"

春 耕（2020.3）

耳边布谷又声声，疫殁东风邀畅晴。
农事尔来耽已久，赶忙动手闹春耕。

夜读叶挺《囚歌》书感（飞雁格）（2020.4）

灯前捧读撼心膺，志士挺胸慷慨行。
棺锁几重终火种，诱威一蔑以雷鸣。
堪供腾焰焚垂殁，直可捐躯得永生。
扼腕虎蝇多党阀，问谁可效大忠诚？

疫后有思（2020.4）

疫后纷纷议踏春，逛街赶集竞尝新。
谁怜僻巷山沟里，尚有愁柴缺米人。

竹韵汉诗协会
成立三周年感赋（新韵）(2020.4)

孜孜灌沃历三春，风景无边颇喜人。
四海吟朋依净土，五弦竹韵遏晴云。
切磋帮教饮其惠，美刺乐忧摅尔真。
行看更多高唱至，铿锵逸响久铭心。

题"信言美言"说 (2020.9)

靓女帅哥皆受听，招呼应对巳平平。
闲中固可增融洽，要处安能判重轻。
岂得信言都悦耳？哪知套话少披诚。
无闻苦口多良药？不美确音常利行。

获《竹韵诗词选》新刊喜作（2020.9）

钟此累累果满枝，青橙红紫盛秋时。
襟怀气格醇而健，融入篇篇竹韵诗。

邂 逅（2020.9）

潜心索隐数形间，屡察迷宫碰壁还。
几载精思开棘径，一朝绝处豁幽关。

注："数形"指数学，盖因数学是"研究现实世界的空间形式和数量关系的科学"。

遥寄香堂聚首（2020.10）

神驰吟友聚香堂，叙旧酣歌舞羽裳。
赋得金秋诗酒醉，我为高谊一持觞。

庚子小雪日有作（2020.11）

何期应时至，银粟悄飞临。
兹岁频拘厄，今添喜不禁。

心　桥（2020.12）

无须钢铁耗资功，便可跨河飞海通。
一点灵犀心里驻，诗情世味两融融。

咏 冬（2020.12）

玉龙飞舞际,凌冽勃兴时。
大地皑皑白,儿童玩玩痴。
围炉聊世变,把卷诵梅诗。
何惬携朋往,冰河连橇驰。

月上海棠·拟柳宗元《江雪》（2020.12）

　　千山不见灵禽越。望遥遥、人径影踪灭。鍪丘梅竹,傲琼芳、并时高洁。何寥廓,驾我扁舟一叶。

　　茫茫独钓心头热。笠蓑翁、持竿斗严冽。算吾痴意,竟期钓、冻江银屑。谁人会？且赋幽诗一绝。

诗 酒（2021.1）

有诗有酒好披襟，有酒无诗缺玉音。
谈笑登游没诗酒，谁襄怀古又论今？

扬州慢·和黄叶
《矮寨天桥仙居夜宿赏月》（2021.2）

云巘苗乡，武陵一胜，仙居玉立亭亭。伴银桥峡谷，浴月朗风轻。放眼望、霓虹溢彩，影波闪烁，可是边城？起苗歌、夜空萦绕，舒泰升平。

品黄金茗，议而今、矮寨重生。别千载蛮荒，川湘畅达，丽宇连营。万里清辉临照，年年阅，忧乐衰兴。更峒河流过，潺湲述说曾经。

注："黄金茗"，矮寨之黄金茶。

辛丑元宵即兴（2021.2）

憾少鱼龙舞，欣欢敛激情。
妖虫犹未灭，且莫作骄兵。

盼春（新韵）（2021.3）

一过惊蛰更近春，柔风吹醒冻荄根。
客冬积雪终融土，去岁寒梅笑隐身。
盼鸟勿迟鸣啭啭，待花能早绽循循。
韶光洒向北国缓，可企东皇晚补勤？

盼春雨（2021.3）

风生可伴雨潇潇？时下正多饥渴苗。
今夜天边积云重，春霖应至解心焦。

春　感（2021.4）

花事年年去复来，纵情游惬向悠哉。
何期今岁不由己，心有余兮腿费抬。

初　恋（2021.4）

跃然切切盼相逢，幽约东山倚劲松。
聊到仰望杪头月，两心忽尔觉颤颤。

咏悟空（2021.5）

仙石灵根孕育成，天宫大闹始驰名。
骋能舞棒妖魔怵，赴难救师肝胆倾。
宁忍钻心紧箍咒，却钟矢志取经情。
初衷堪赞能无改，地裂山崩也笃行。

敬贺竹韵会员刊 200 期付梓（2021.6）

咀英撷翠力求精，二百期刊喜迓迎。
五色诗题争竞赋，频来喝彩接诠评。

咏《射雕英雄传》之黄药师（2021.7）

射雕五绝数头家，隽爽萧疏德可夸。
苦是罚徒挑婿日，邪中带正正含邪。

咏貂蝉（2021.7）

贯中笔下美婵娟，胆略襟情不等闲。
投效真能身许国，竭心实践计连环。
风流暗里承飞将，妩媚明时惑大奸。
搅得双雄遭划灭，流芳岂止赖娇颜。

未 羊（2021.8）

性主清柔数未羊，不卑不傲少争强。
能群作美亲仁义，崇善题糕送吉祥。
角御侮时情烈烈，毛捐人意暖洋洋。
尔来帅气自呈显，融入牧歌和远方。

宁府焦大（新韵）（2021.8）

三朝奋命老奴身，两府谁怀救主恩。
醉骂红楼藏涢秽，拂膺揭丑代言人。

等 待（2021.8）

月月会刊望四回，擒题翘盼展琼瑰。
入围孰倩谁前五？更待尝评透骨来。

辛丑立冬日即兴（2021.11）

冠瘟犹未灭，应对何容歇。
踏雪立冬时，皑皑争玩悦。

题姜太公钓鱼（2021.12）

有线有竿无饵钩，罕闻鱼拙自来投。
太公不设过人策，焉入文王青眼眸？

我的微信朋友圈（2021.12）

相投请进圈，友众景多妍。
或爱哲文史，或通诗画禅。
师之常有得，惬矣可忘年。
若遇歧难解，临屏共问贤。

读梦得《酬乐天扬州初逢席上见赠》有作（2022.1）

磨折何多志未消，宁支硬骨侍龙朝。
沉舟病树帆春赋，诉尽平生块垒浇。

书　香（2022.1）

平生自喜品书香，已出朋贻味也长。
老至犹怀采花蜜，青春曾比蝶儿忙。

辛丑京华小年（2022.1）

灶神慢待赶瘟神，冬奥赛前查要津。
此日更当求美备，蓄能谱写满城春。

大寒日雪中漫吟（2022.1）

亦飘亦舞落纷纷，好似弥天撒玉尘。
湖海归乡情缱绻，郊园作赋韵轻匀。
披怀但有梅花晤，访旧还同松竹亲。
俊逸自由谁欲匹？转身无迹又迎春。

上元节拔牙戏题（2022.2）

牙坏年多治未成，拔兮今拟又三茎。
老夫岂可半途退？且学燕歌慷慨行。

阮郎归·记吟友二月社课
《春风》（2022.2）

春风调寄阮郎归，引来逸兴飞。清词丽句自葳蕤，诗家各竞奇。

玉蝶舞，楚箫吹，江南妙曲随。低吟浅和醉依依，谢她柳上归。

注：吟友壬寅二月社课，我忝列社长，出题为《春风》，要求调寄《阮郎归》，且嵌入"柳上归"词组。吟友舞蝶君因之诗兴沛然，在作业之外另献几首佳词出彩，并配有《情醉江南雨》作背景音乐赠我；词曲交融，吟之赏之别有一番韵味。

竹韵颂（2022.3）

葱茏自占四时春，挺拔清幽傲世尘。
立地凌霄高格调，虚怀劲节美风神。
英姿落落殊堪赏，秀气娟娟实可亲。
五百吟朋颇为惬，名之吾社屹群伦。

注：我所在诗社名曰竹韵汉诗协会。

世间缘（2022.4）

几世修来一擦肩，能逢陌路亦机缘。
情钟瞥见便相许，可是生生债未还？

敬贺竹韵汉诗协会成立五周年（2022.4）

卓立吟坛届五春，扬馨激浊好风神。
发摅百姓休和戚，刺美千秋恶与真。
家国情怀连海岱，诗文气格效松筠。
时维凡宇浪涛涌，看取铿锵臄臆申。

题唐寅《品茶图》（2022.4）

草舍结林泉，主人自巍然。
仙童欣煮茗，琴女复调弦。
韵解松风动，香随蟹眼旋。
相怡徐细啜，幽思落谁边。

后　记

　　掩卷而思，这里要特别提及和感谢的是，2012年以后结识的不少诗友以及他们的各种形式的关心和帮助；其中尤以中国香港闲居采真兄、福建马亦良先生（已故）、秦皇岛一海粟君、北京酣泉老人、湖北楚江闲鹤兄、安徽师大程致中教授等的诚心关怀、鼓励或指教为最，得尊为良师益友。至于常以河北老友瑞耕兄（已故）作为榜样给我的激励，与老乡、同事紫东兄，与校友、老朋友依群兄等，时有唱和往来、切磋砥砺、直言指谬而获益良多者，自不待言。不然，所录之诗什，很难想象会以现在的面目呈现于此。犹遗憾者，未如众望所期，至今想来，心有愧焉。

　　近年，又有幸于竹韵汉诗协会与吟友诗社中沐浴春风，追效群贤，熏陶学习，铭感其惠，谨致谢忱。